蓮如上人が、京を追われ、
北陸へ向かわれたのは、なぜか。

驚くほど大勢の人が
全国から集ったのは、なぜか。

了顕が命を懸けて
守ったものは、何だったのか。

史実をもとに、明らかにしたのが、
「なぜ生きる――蓮如上人と吉崎炎上」である。

吉崎御坊跡から日本海を眺める風景

湖に面した道路から、吉崎山へ。坂を登り切ると「史跡 吉崎御坊跡」の石碑が迎えてくれる。了顕や道宗が、何度も往復した道だ。

語り

「吉崎御坊には、北陸、近畿、東海はもちろん、遠く関東、東北からも蓮如上人を慕う親鸞学徒が続々と参詣し、門前市をなす大繁盛。虎や狼がすむといわれた、さびれた北陸の一漁村が、あっという間に一大仏法都市に変貌を遂げたのである」

史跡 吉崎御坊跡

吉崎山の頂に出ると、そこは広い台地であることに驚く。参詣者があふれ、本堂増築の手配に苦労してきた法敬房が、「ここならどんな広い本堂でも建てられます。もう増築の心配はいりません」と喜びを語ったとおりである。

蓮如上人
「参詣者が心静かに、真剣に聞法できる環境が何よりも大切じゃ」

原作書籍『なぜ生きる』著者から、映画に寄せて

# この映画は、まさに、命のメッセージ！

## 生きる意味を必死に探し求める青年・了顕は、今を彷徨《さまよ》う私たちの姿……

精神科医　明橋大二

精神疾患を患い、「世界が終わったような生活を送っていた頃に残されていたのが音楽と今の仲間だった」ことから、Fukaseが名づけた「SEKAI NO OWARI（世界の終わり）」という名のバンドは、ポップな曲に似合わぬ重い歌詞で、多くの若者の共感を得ています。

私の診察室にも、「何のために生きなきゃならないか分からない」「どうして死んではいけないの？」と問う人が、大人子どもを問わず、毎日のようにやってきます。

目的地なしに走り続けることが地獄であるように、目的なしに生きることほど、苦しい人生はありません。

「何のために生きるのか」

「生きている意味は何か」

これは、人類永遠のテーマであると同時に、現代を生き

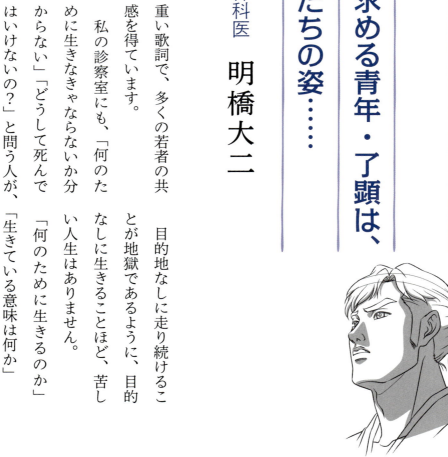

原作書籍
『なぜ生きる』
高森顕徹 監修
明橋大二
伊藤健太郎 著

る私たちにとって、極めて切実で、リアルな問題でもあります。

　むしろ、かつては巧妙に目隠しされていた現実が、ネットや情報技術の発展によって、白日のもとにさらされた、それが現代だといえるかもしれません。

　だからこそ「なぜ生きる」を問うたこの書が、発売十五年を経過してなお、老若男女の共感を呼び続けることになったのだと思います。

　このたび、この『なぜ生きる』が、「吉崎炎上」という歴史上の事実をもとに、映画化されました。

　舞台は、今から五百年前ではありますが、この世の激しい無常を知らされ、生きる意味を必死に探し求めた青年の姿は、今を彷徨《さまよ》う私たちの姿と、まるで二重写しのようです。

　一人でも多くの人に、この命のメッセージが届くことを願ってやみません。

# この映画は、本物の生きる勇気を届けます

## 「なぜ生きる」の答えを知れば、どんなにつらく、苦しくても、生きる力がわいてくるのです！

哲学者　伊藤健太郎

何も信じられなくなった今日、真の希望があるとすれば、「なぜ生きる」の答えではないでしょうか。

私たちは何のために生まれ、生きているのか。どんなに苦しくとも、なぜ生きねばならないのか。生きる意味も理由も分からぬまま、いくら生活が便利になり、経済が繁栄しても、それがそのまま幸せといえないことは、日本が身をもって学んだことです。

試験を乗り越え、就職難をくぐり抜け、結婚、マイホーム、子育て、ローンの返済。その先に、どんな光があるのでしょう。自分や家族が癌になるやら、認知症になるやら、介護や年金の心配も絶えません。想定外の災害や、テロの不安もあります。昔も今も、心の中は戦争状態です。

「頑張れば幸せになれる」

「上を向いて歩こう」というフレーズは、右肩上がりだった昭和の一コマでは通用しましたが、今は空しく響きます。日本でも格差が広がり、いわゆる貧困層の割合が増えました。家庭の事情で夢を捨てた少年少女に、生きる希望を与えるのは、大人の役目です。それには、「そのうち、いいことがあるよ」という、根拠のない励ましは無効でしょう。努力の報われる保証は、どこにもないのに、なぜ学校や塾に通うのか。リストラや倒産におびえつつ、何のために働くのか。生きる目的が分からなければ、自殺を止めることも、テロに走る若者を諭すこともできません。

「なぜ生きる」の答えを知れば、勉強も仕事も「このためだ」と目的がハッキリしますから、すべての行為が意味を持ち、心から充実した人生になります。病気がつらくても、人間関係に落ち込んでも、競争に敗れても、「大目的を果たすため、乗り越えなければ！」と〝生きる力〟がわいてくるのです。

時代と国を問わず、子供から大人まで、最も大事な「生きる目的」を論じた原作『なぜ生きる』は、幸い広範な読者に迎えられました。その核心を、歴史の事実を通して描いたのが、このアニメーション映画です。

朝の来ない夜はありません。どんな人にも、「人間に生まれてよかった」と喜べる日が、必ず来ます。

映画「なぜ生きる――蓮如上人と吉崎炎上」、本物の生きる勇気を届けます。

**原作書籍**

**『なぜ生きる』**

高森顕徹 監修
明橋大二
伊藤健太郎 著

## 蓮如上人
# 里見浩太朗

さとみこうたろう　長年、数多くの映画、ドラマに登場した名俳優。代表作にテレビドラマ「大江戸捜査網」「長七郎江戸日記」他多数。特にドラマ「水戸黄門」シリーズでの助さん、水戸光圀役は有名。

「俳優生活59年の中で、初めてアニメ声優に挑戦しました。しかも、蓮如上人という高僧役でしたが、おおいに楽しんで演じさせていただきました」

## 了顕
# 小西克幸

こにしかつゆき　クールな男性から怪物まで、さまざまなキャラクターを演じる多彩な演技力を持ったベテラン声優。代表作に「ポケットモンスター」「DEAR BOYS」「天元突破グレンラガン」「べるぜバブ」他多数。

## 法敬房
# 田中秀幸

たなかひでゆき　落ち着いた澄んだ声が人気の声優。代表作に「ドカベン」の山田太郎役をはじめ、「キン肉マン」「キャプテン翼」など多数出演。テレビ番組の「王様のブランチ」でのナレーションでも知られる。

## 千代
# 藤村歩

ふじむらあゆみ　さまざまな性格の女性から少年の声まで幅広く演じられる人気声優。代表作に「ハヤテのごとく!」「絶対可憐チルドレン」「侵略!イカ娘」「機動戦士ガンダムUC」他多数。

## 道宗
# 関貴昭

せきたかあき　舞台、映画、テレビドラマなどで活躍する俳優。主な作品に舞台「あらしのよるに」「ハムレット」、NHK大河ドラマ「平清盛」「軍師官兵衛」、テレビアニメ「蒼天航路」「山賊の娘ローニャ」など。

語り
## 鈴木弘子

すずきひろこ　女優、声優。ドラマ出演に加えて、数々のアニメ、海外映画の吹き替えの声優として長年活躍してきた。代表作は「サイボーグ009」「名犬ジョリィ」「名探偵コナン」など多数。2011年、第5回声優アワード功労賞受賞。

《キャスト》

| | |
|---|---|
| 蓮如上人 | 里見浩太朗 |
| 了顕 | 小西克幸 |
| 法敬房 | 田中秀幸 |
| 千代 | 藤村歩 |
| 道宗 | 関貴昭 |
| 助六 | 真殿光昭 |
| キヌ | 前田敏子 |
| ハナ | 頼経明子 |
| 蓮祐 | 陰山真寿美 |
| 半兵衛 | 河本邦弘 |
| 了顕（子供時代） | 東内マリ子 |
| 助六（子供時代） | 大井麻利衣 |
| 男性同行 | 森岳志　新井良平 |
| 女性同行 | 中友子 |
| 聴衆 | 藤本たかひろ　滑川洋平　立野香菜子 |
| 親戚 | 服巻浩司　五味洸一 |
| 町人 | 松本大督　蟹江俊介 |
| 比叡山僧侶 | 宮原弘和　宮崎寛務　佐々千春 |
| 無法者 | 今村直樹　大坪康亮　森瀬惇平 |
| 地元僧侶 | 根本幸多　岡本寛志 |
| 剣道師範 | 小原雅人 |
| 河原の子供 | 池田千草 |
| 語り | 鈴木弘子 |

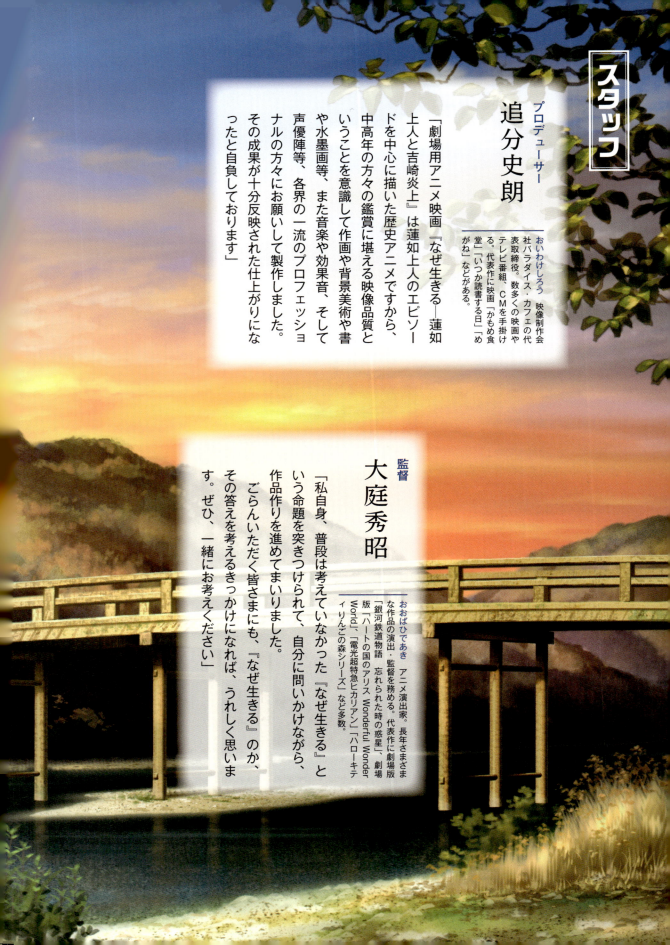

# スタッフ

プロデューサー

## 追分史朗

おいわけしろう　映像制作会社パラダイス・カフェの代表取締役。数多くの映画やテレビ番組、CMを手掛ける。代表作に映画「かもめ食堂」「いつか読書する日」「めがね」などがある。

「劇場用アニメ映画『なぜ生きる—蓮如上人と吉崎炎上』は蓮如上人のエピソードを中心に描いた歴史アニメですから、中高年の方々の鑑賞に堪える映像品質ということを意識して作画や背景美術や書や水墨画等、また音楽や効果音、そして声優陣等、各界の一流のプロフェッショナルの方々にお願いして製作しました。その成果が十分反映された仕上がりになったと自負しております」

監督

## 大庭秀昭

おおばひであき　アニメ演出家。長年さまざまな作品の演出・監督を務める。代表作に劇場版「銀河鉄道物語　忘れられた時の惑星」、劇場版「ハートの国のアリス Wonderful Wonder World」、「電光超特急ヒカリアン」「ハローキティりんごの森シリーズ」など多数。

「私自身、普段は考えていなかった『なぜ生きる』という命題を突きつけられて、自分に問いかけながら作品作りを進めてまいりました。

ごらんいただく皆さまにも、『なぜ生きる』のか、その答えを考えるきっかけになれば、うれしく思います。ぜひ、一緒にお考えください」

## 《スタッフ》

| | |
|---|---|
| 脚本 | 高森顕徹 |
| 脚本補 | 和田清人　平野千恵 |
| プロデューサー | 追分史朗 |
| 監督 | 大庭秀昭 |

### 【アニメーションスタッフ】

| | |
|---|---|
| プロデューサー | 野口和紀（スタジオディーン） |
| アニメーションプロデューサー | 秋田雄一郎（スタジオディーン） |
| キャラクターデザイン・総作画監督 | 河南正昭 |
| 美術監督 | 稲葉邦彦 |
| 美術設定 | 吉崎正樹 |
| 背景 | インスパイアード |
| 色彩設計 | 松本真司 |
| 撮影監督 | 近藤慎与 |
| 編集 | 松原理恵 |
| 制作担当 | 齋藤隆行 |
| 制作進行 | 中村和重 |
| アニメーション制作 | スタジオディーン |
| アニメーション制作協力 | サンシャインコーポレーション<br>シナジーSP　マジックバス |

### 【サウンドスタッフ】

| | |
|---|---|
| 音響監督 | 本田保則 |
| 音楽 | 長谷部徹 |
| アフレコ録音 | 菊池秀人 |
| リレコーディングミキサー | 山本逸美 |
| スタジオエンジニア | 越智美香 |
| ミュージックエディター | 小西善行 |
| サウンドエディター | 伊東晃 |
| 音楽ディレクター | 吉村洋平 |
| 音楽ミキシングエンジニア | 宮澤伸之介 |
| プロダクションマネージメント | 中道秀夫 |

### 【ビジュアルエフェクト】

| | |
|---|---|
| オープニングタイトル | 宮代慎 |
| 水墨イラスト | 茂本ヒデキチ |
| CG制作 | 小谷洋輔 |
| 題字・書 | 木村泰山 |

| | |
|---|---|
| 制作 | パラダイス・カフェ |
| 協力 | 日活スタジオ<br>青二プロダクション<br>賢プロダクション<br>凸版印刷株式会社 |
| 宣伝プロデューサー | 西利一郎 |
| 配給 | スールキートス |

脚本

## 高森顕徹

たかもりけんてつ

日本各地や海外で講演、執筆など。

著書『なぜ生きる』（監修）

『なぜ生きる2』

『光に向かって100の花束』

『光に向かって123のこころのタネ』

『光に向かって心地よい果実』

『歎異抄をひらく』

『親鸞聖人の花びら』など多数。

音楽

## 長谷部徹

はせべとおる　作曲家。主にオーケストラを使った数々の映画、テレビドラマの音楽を担当。代表作に映画「20世紀少年」「はやぶさ/HAYABUSA」「エイトレンジャー」、テレビドラマ「ブラックジャックによろしく」「逃亡者 RUNAWAY」「嫌われ松子の一生」他多数。

「この映画は信仰を持つ人にも、そうでない人にも、人間とは何か？　人間が生きるってどういうことだ？　そして人間はどこでその人生に喜びを見いだすのか？　などの疑問や悩みに対して、ある人の人生を描いて見せてくれる映画だと思います。私は、人間の尊厳や切なさや喜び、悲しみ、生と死、祈り……、そういうものを過不足なく丁寧に描いているこの映画をごらんになった皆さまが、音楽も気分よく心で感じてくださったら、それに勝る喜びはありません」

# なぜ生きる

## 蓮如上人と吉崎炎上

## シナリオ

助六

了顕の幼友達

キヌ

了顕の母

千代

了顕の妻

了顕

蓮如上人の弟子・本光房了顕となる

道宗

蓮如上人の弟子。本光房の友達

法敬房

蓮如上人の側近。弟子のまとめ役

ハナ

千代の友達

## 1 本願寺（夜）

約五百年前、京都・本願寺《ほんがんじ》。

僧兵《そうへい》＊たちの暴れている物音が聞こえる。

**弟子A**　「僧兵《そうへい》じゃ！　比叡山《ひえいざん》＊の夜襲《やしゅう》じゃー。上人《しょうにん》さま――」

**僧兵B**　「蓮如《れんにょ》は、どこだ!!」

**僧兵C**　「捜《さが》し出《だ》せ!!」

**蓮如上人**　「了顕《りょうけん》、『教行信証《きょうぎょうしんしょう》』＊を！」

**了　顕**　「はっ！」

## 2 本願寺・廊下（夜）

了顕《りょうけん》、『教行信証《きょうぎょうしんしょう》』が納められた経櫃《きょうびつ》を抱《かか》えて、必死に走る。

**僧兵D**　「逃《のが》すな！」

**僧兵E**　「待ていっ！」

**僧兵F**　「おりゃあっ！」

**僧兵G**　「ぐはっ……」

僧兵《そうへい》を蹴散《けち》らし、ひたすら走る。了顕《りょうけん》の表情がアップになって――。

タイトル「なぜ生きる――蓮如上人《れんにょしょうにん》と吉崎炎上《よしざきえんじょう》」

**＊僧兵**　寺が独自に組織した、格好だけ僧侶の武装集団。

**＊比叡山**　京都府と滋賀県の境にある山。天台宗の本山がある。

**＊教行信証**　親鸞聖人の主著。

### 3 野原

場面は、了顕《りょうけん》の少年時代へ。

少年・了顕《りょうけん》（十二歳）、壺《つぼ》を抱《かか》えて走っている。

一緒《いっしょ》に走る少年・助六《すけろく》。

二人の僧侶《そうりょ》が少年たちを追いかけている。

**僧侶1** 「こらーっ、お前たち！」

**僧侶2** 「それを返さんかーっ！」

### 4 山の中

逃《に》げ切《き》って肩《かた》で息をする了顕《りょうけん》と助六《すけろく》。

**助六** 「了顕《りょうけん》。バチが当たらないかな」

**了顕** 「バチなんてあるか！　こんなもん！」

了顕《りょうけん》、抱《かか》えていた壺《つぼ》を地面に叩《たた》きつけて、割る。

**助六** 「!?」

**了顕** 「あの野郎《やろう》、おっとうの死んだ時、『貧乏人《びんぼうにん》の葬式《そうしき》は金にならんわ』って言いやがったんだ！　俺《おれ》は坊主《ぼうず》が大《だい》っ嫌《きら》いだ！」

## 5 豪族の屋敷・広い庭

十数年後。

鋭《するど》い眼光の了顕《りょうけん》（二十五歳）、屋敷《やしき》の跡取《あとと》り・半兵衛《はんべえ》（二十五歳）と木剣《ぼっけん》を構え、対峙《たいじ》している。

周囲には襦袢《じゅばん》に袴姿《はかますがた》の男たちと剣術《けんじゅつ》の師匠《ししょう》。固唾《かたず》をのんで二人の対決を見守っている。

**了　顕**「うぉおおおお！」

**半兵衛**「うお！」

了顕《りょうけん》、気合とともに勢いよく打《う》ち込《こ》む。

半兵衛《はんべえ》、しっかりと受け止めて、激しい打ち合いに。

やがて互角《ごかく》の鍔迫《つばぜ》り合《あ》いになる。

了顕《りょうけん》が突然《とつぜん》、半兵衛《はんべえ》に足払《あしばら》いをかけ、バランスを崩《くず》したところを打ちのめす。

**剣術師匠**「そこまで！」

半兵衛《はんべえ》は、膝《ひざ》をついて地面に倒《たお》れる。

しかし、了顕《りょうけん》は、なおも木剣《ぼっけん》で打ち続ける。

**助　六**「おい、了顕《りょうけん》！」

**男　1**「やめろ！」

周囲の若者たちが必死に、了顕《りょうけん》を押《お》さえる。

半兵衛　「貴様、卑怯《ひきょう》だぞ……！」

了　顕　「笑わせるな！　どんな手を使おうと勝たねばならぬのが勝負というものだ！」

了顕《りょうけん》の鬼《き》気《き》迫《せま》る表情に圧倒《あっとう》される一同。

**6 道（夕）**

木剣《ぼっけん》を肩《かた》に、夕暮れの道を歩く了顕《りょうけん》。

**7 了顕の家・表（夕）**

巨大《きょだい》な一本杉《いっぽんすぎ》の前を通り過ぎると、了顕《りょうけん》の家がある。

**8 了顕の家・中（夕）**

臨月の妻・千代《ちよ》（二十二歳）、恩徳讃《おんどくさん》＊を口ずさみながら、寝《ね》たきりの母・キヌの介護《かいご》をしている。

千代「如来大悲《にょらいだいひ》の恩徳《おんどく》は
身《み》を粉《こ》にしても報《ほう》ずべし……」

**9 了顕の家・表（夕）**

千代《ちよ》の歌が外まで聞こえている。
帰ってきた了顕《りょうけん》、表情が険しくなる。

**10 了顕の家・中（夕）**

了顕《りょうけん》、乱暴に玄関《げんかん》の戸を開けて、入ってくる。

千代「おかえりなさい」
了顕「千代《ちよ》、表まで聞こえてるぞ！」

＊恩徳讃　親鸞聖人が救われて弥陀と先生方のご恩を賛嘆された詩。

千代　「あ……」
了顕　「寺の歌なんか、歌うんじゃねえよ」
千代　「……すみません」
　　了顕《りょうけん》、ギロリと母・キヌをにらんで、
了顕　「まったく、病人がいると陰気《いんき》でかなわんな」
キヌ　「(悲しそうな顔をして)……」
千代　「あんた、お母さんに、なんということを……」
了顕　「うるせえ！　さっさとメシにしろ！」
　　了顕《りょうけん》、足元のザルを蹴飛《けと》ばす。
千代　「(悲しげに)……」

## 11 馬小屋

　　馬の世話をしている了顕《りょうけん》と助六《すけろく》。
助六　「了顕《りょうけん》。お前んとこ、もうすぐ子供、生まれるんだろ？」
了顕　「ああ。みっちり剣術《けんじゅつ》をたたき込《こ》んで、立派な男に育ててやるんだ」
助六　「女だったらどうするんだい？」
　　了顕《りょうけん》、いきなり、草を投げつける。

助六　「わっ！」
了顕　「男だよ。畑仕事と馬の世話で一生終わるような人生は、送ってほしくないからな」

12 本願寺・本堂

本堂には、大勢の参詣者《さんけいしゃ》が座っている。
千代《ちよ》と友人のハナも、真剣《しんけん》に法話を聞いている。

13 了顕の家（夕）

千代《ちよ》が、恩徳讃《おんどくさん》を歌いながら食事の準備をしている。
了顕　「（戸を開けて）帰ったぞ」
千代　「（明るく）おかえりなさい」
千代《ちよ》、再び鍋《なべ》に向かいながら、恩徳讃《おんどくさん》を歌い始める。
了顕　「（いらだって）おい！　いいかげんにその歌やめろ！」
千代　「あ……」
了顕　「坊主《ぼうず》に何を吹《ふ》き込《こ》まれたのか知らんが、あいつらは金の亡者《もうじゃ》だぞ。おっとうが死んだ時も『たくさん金を払《はら》えば長いお経をあげてやる』だの、『極《ごく》

楽《らく》に行ける』だのなんて言いやがったんだ！」

千代　「それは……」

了顕　「（さえぎって）本堂が雨漏《あまも》りするとか、門が壊《こわ》れたとか、なんだかんだと言って門徒から金を集めるそうじゃないか。断ったら『墓を持っていけ』と脅《おど》されたやつもいるらしいぞ」

千代　「それは本当の仏教じゃないのよ。あなたも蓮如《れんにょ》さまのお話を聞けば分かるわ」

了顕　「ふん！　その坊主《ぼうず》の話を聞いたら、おっかぁの病が治るとでもいうのか？」

キヌ　「（ビクッとする）……」

了顕　「いっそ、早くお迎《むか》えが来れば、おっかぁも楽だろうに」

千代　「あなた……」

キヌ　「（おびえて）……」

了顕　「とにかく、二度と寺には行くなよ」

千代　「でも……」

了顕　「行くなと言ったら、行くな！　お前は元気な子供を産むことだけ考えてりゃいいんだ！」

了顕《りょうけん》、椀《わん》を取ると、乱暴に雑炊《ぞうすい》を注ぐ。

板の間に座るや、ムスッとしたまま、ガツガツと食べ始める。
千代《ちよ》は、大きなお腹《なか》をさすりながら、悲しげにうつむく。

× × ×

翌朝。空は、黒い雲におおわれ始めている。
了顕《りょうけん》が、玄関《げんかん》で草鞋《わらじ》のひもを結んでいる。
壁《かべ》に掛《か》けてある笠《かさ》と蓑《みの》を、千代《ちよ》が取って、

**千代**　「今日は外でお仕事でしょう？　雨になるといけないから、これ持っていってね……」

**了顕**　「いらねえよ、そんなもん」

めんどくさそうに答え、出ていく。

## 14 畑

馬に農具をつけて畑を耕す若者たち。
黒い雲が空全体に広がり、雨粒《あまつぶ》が落ちてきた。
若者たちは、慌《あわ》てて雨具をつけにいく。
しかし、了顕《りょうけん》は雨に濡《ぬ》れながら淡々《たんたん》と作業を続けている。

**若者A**　「なんだ、お前。笠《かさ》、持ってきてねえのか？」

若者B 「気のきかねえ、かかあだな」

助六 「風邪《かぜ》引いちまうぞ」

了顕 「（むきになって）いいんだよ」

**15 了顕の家**

縫《つくろ》い物《もの》をしている千代《ちよ》。窓の外に、稲光《いなびかり》が見え、雷《かみなり》の音が聞こえてくる。

了顕《りょうけん》が置き去りにしていった笠《かさ》と蓑《みの》を見つめて。

千代 「（心の中で）あの人、きっと意地を張って帰ってこないわ……」

千代 「（心の中で）そうだ！」

千代《ちよ》、雨具をつけて外へ出る。

胸には、了顕《りょうけん》の笠《かさ》と蓑《みの》をしっかりと抱《いだ》いている。

**16 畑**

了顕《りょうけん》たちが、雨の中で農作業を続けている。

雨は、ますます激しくなる。

一人の若者が、滑《すべ》って尻餅《しりもち》をつく。

了顕 「大丈夫《だいじょうぶ》か」

助六「これじゃ仕事になんねえ」

**16 A 一本杉のある道**

千代《ちよ》は、了顕《りょうけん》に、笠《かさ》と蓑《みの》を早く届けようと、雨の中を歩いていく。

**16 B 畑**

突然《とつぜん》、青白い稲光《いなびかり》と、激しい地響《じひび》きが起きる。

若者A「なんだ!?」

若者B「雷《かみなり》だ！　近くに落ちたぞ！」

若者C「おい、あれ……！」

一本杉《いっぽんすぎ》が、雷《かみなり》の直撃《ちょくげき》をくらい、真っ二つに裂《さ》け、煙《けむり》を上げている。

ハッとした了顕《りょうけん》、一本杉《いっぽんすぎ》に向かって駆《か》け出《だ》す。

助六「おい！　了顕《りょうけん》！」

友人たちも跡を追う。

**17 田畑の道**

必死に走る了顕《りょうけん》。

## 18 一本杉の前

一本杉《いっぽんすぎ》は、真っ二つにへし折れている。

息切れしながら走ってきた了顕《りょうけん》、呆然《ぼうぜん》と立《た》ち尽《つ》くす。

**了顕**「!!」

千代《ちよ》が、杉《すぎ》の木の下敷《したじ》きになっている。

千代《ちよ》の胸には、了顕《りょうけん》の笠《かさ》と蓑《みの》がしっかりと抱《かか》えられている。

**了顕**「お前、まさか、それを俺《おれ》に……?」

了顕《りょうけん》、がっくりと膝《ひざ》をつく。

遅《おく》れてきた若者たち、呆然《ぼうぜん》とその光景を見つめる。

**了顕**「……起きろよ。起きてくれ、千代《ちよ》……、千代《ちよ》——っ!」

雨はさらに激しさを増していく——。

## 19 鳥辺山の火葬場

読経《どきょう》する僧侶《そうりょ》、沈痛《ちんつう》な面持ちの参列者たち。

**僧侶**「帰命無量寿如来《きみょうむりょうじゅにょらい》　南無不可思議光《なむふかしぎこう》
法蔵菩薩因位時《ほうぞうぼさついんにじ》　在世自在王仏所《ざいせじざいおうぶっしょ》……」

了顕《りょうけん》、ふと空を見上げる。

×　×　×

（回想）

**千代**「雨になるといけないから、これ持っていってね……」

**了顕**「いらねえよ、そんなもん」

×　×　×

**了顕**「（つぶやく）俺《おれ》のせいだ……」

涙《なみだ》を流す了顕《りょうけん》。

千代《ちよ》を火葬《かそう》する炎《ほのお》が天高く燃え上がる。

## *20* 野原の曲がりくねった道

火葬場《かそうば》からの帰り道、了顕《りょうけん》は、千代《ちよ》の位牌《いはい》を胸に歩いている。

親戚《しんせき》たちの噂話《うわさばなし》が聞こえてくる。

**親戚A**「これから子供も生まれるっていうのに。一番幸せな時にねえ」

**親戚B**「人の命は、儚《はかな》いものだなあ」

**親戚C**「ああ。朝、元気だった人が、夜にはポックリ死*んじまうんだから……」

**＊朝、元気だった人が、夜にはポックリ**　蓮如上人の『御文章』（白骨の章）に、「朝には紅顔ありて、夕には白骨となれる身なり」と書かれている。

**21 A 道**

アブラゼミとヒグラシの鳴き声が聞こえる。
憔悴《しょうすい》しきった了顕《りょうけん》が家に向かって歩いている。

**21 B 了顕の家・中（八月の終わり）**

病気の母・キヌ、部屋《へや》で寝《ね》ている。
不精髭《ぶしょうひげ》を生やした了顕《りょうけん》、生気のない顔つきで帰ってくる。

**キヌ** 「おかえり、了顕《りょうけん》」

**了顕** 「（上の空で）ああ……」

了顕《りょうけん》、ため息をついて座る。
脇《わき》に、千代《ちよ》が抱《かか》えていた笠《かさ》が置いてある。

**キヌ** 「（笠《かさ》を見て）かわいそうにね。千代《ちよ》も、お腹《なか》の子も……」

了顕《りょうけん》、力なく立ち上がり、

**了顕** 「おっかぁならよかったのにな」

言い残して、外へ出ていく。

## 22 山の中

木剣《ぼっけん》を振《ふ》り回《まわ》して、草木に八つ当たりする了顕《りょうけん》。

怒《いか》りと悲しみの入り交じった表情で。

**了顕**
「はーっ」

「はっ！　はあ！　はっ‼　うおおーっ！」

「ぐあーっ！」

「はあっ」

「どあーっ！」

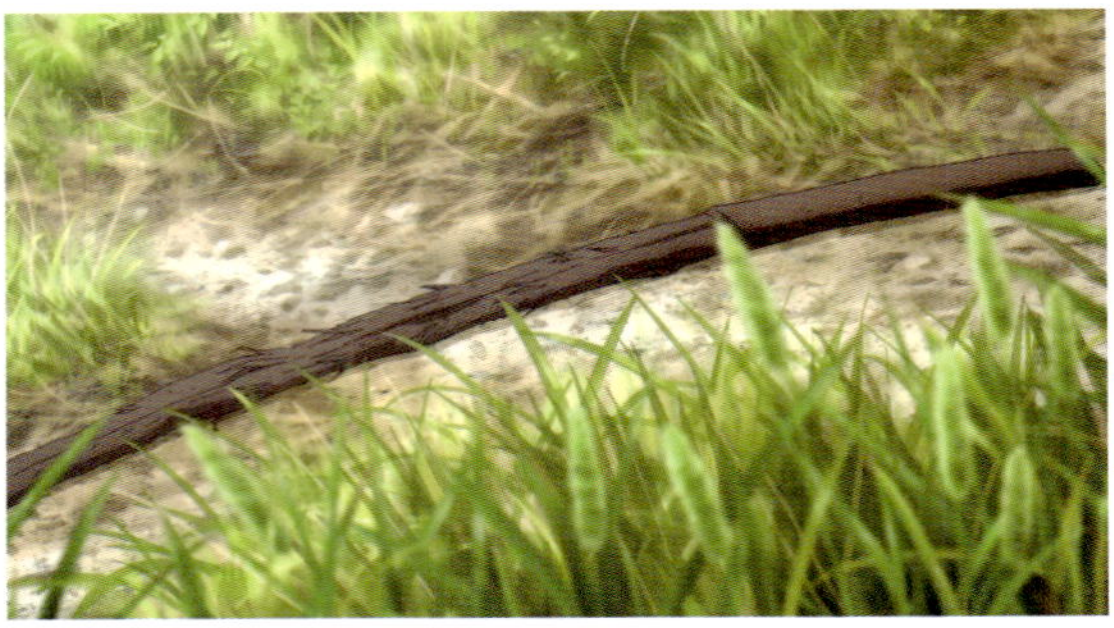

二カ月後――。

髪《かみ》が乱れ、やせこけて、不精髭《ぶしょうひげ》はさらに伸《の》び、着物もボロボロの了顕《りょうけん》。

川の土手で、木にもたれかかって、うつろな目で空を見つめている。

亡くなった千代《ちよ》の友人・ハナが、了顕《りょうけん》に近づいてくる。

**ハナ**「了顕《りょうけん》さん」

**了顕**「ああ、おハナさんか……」

**ハナ**「お千代《ちよ》さんもお母さんも亡くなって。本当に、なんと言っていいか……」

**了顕**「……」

**ハナ**「了顕《りょうけん》さん。明日《あした》、蓮如《れんにょ》さまのお話を聞きにいかない？」

千代《ちよ》の言葉を思い出し、ハッとなる了顕《りょうけん》。

× × ×

（回想）

**千代**「あなたも、蓮如《れんにょ》さまのお話を聞けば、分かるわ」

× × ×

**了顕**「（自分に言い聞かせるように）俺《おれ》は坊主《ぼうず》が嫌《きら》いなんだ……」

**ハナ**「お千代《ちよ》さんが、何を願って生きていたのか、知りたいとは思わない？」

**了顕**「……」

**語り**

**23 本願寺・外観**

「今から八百年前、親鸞聖人《しんらんしょうにん》が、どんな人でも本当の幸福になれる道を明らかにされたのが浄土真宗《じょうどしんしゅう》である。その浄土真宗《じょうどしんしゅう》の教えを、二百年後、全国津々浦々《つつうらうら》に伝えられたのが、蓮如上人《れんにょしょうにん》だった。了顕《りょうけん》が初めて仏法を聞いたのは、その蓮如上人《れんにょしょうにん》四十四歳の時である」

**24 本願寺・本堂**

本堂は、老若男女《ろうにゃくなんにょ》、武士から農民までさまざまな階層の参詣者《さんけいしゃ》であふれている。

不精髭《ぶしょうひげ》にボロ着姿の了顕《りょうけん》、腕組《うでぐ》みをして入り口付近に立っている。

中央にいるハナが、中へ入るように手招きするが、了顕《りょうけん》は、首を振《ふ》って動かない。

墨染《すみぞ》めの衣《ころも》を着た蓮如上人《れんにょしょうにん》が、本堂に入って来られると、ざわついていた堂内が静まり返る。

蓮如上人《れんにょしょうにん》、御本尊《ごほんぞん》に合掌《がっしょう》し、参詣者《さんけいしゃ》の方を向かれる。

**了　顕**　「（心の中で）この人が蓮如《れんにょ》か。今まで見た坊主《ぼうず》とどこか違《ちが》うな……」

**蓮如上人**　「みなさん、親鸞聖人《しんらんしょうにん》の教えは唯《ただ》一つ。なぜ生きる、『なぜ生きる』の答えでした」

**了顕**　「（心の中で）なぜ生きる？」

**蓮如上人**　「私たちは、なんのために生まれてきたのか、何のために生きているのか。苦しくても、なぜ生きねばならぬのでしょうか。誰《だれ》しもが、知りたいことでしょう。それに答えられたのが親鸞聖人《しんらんしょうにん》なのです」

親鸞聖人《しんらんしょうにん》の著書『教行信証《きょうぎょうしんしょう》』＊の中の一文を書き記した紙が演台の上に置かれている。蓮如上人《れんにょしょうにん》は、その紙を押《お》し頂《いただ》き、厳《おごそ》かに読み始められる。

**蓮如上人**　「『難思《なんし》の弘誓《ぐぜい》は、難度《なんど》の海《うみ》を度《ど》する大船《たいせん》』。いま拝読した『教行信証《きょうぎょうしんしょう》』の最初に、親鸞聖人《しんらんしょうにん》は、こうおっしゃっておられます」

聴衆《ちょうしゅう》の中にはうなずく者もいれば、キョトンとしている者もいる。

了顕《りょうけん》は、蓮如上人《れんにょしょうにん》をじっと見つめている。

弟子たちが折《お》り畳《たた》まれた屏風《びょうぶ》を運んできて広げる。

そこには「難度《なんど》の海《うみ》を度《ど》する大船《たいせん》」と書かれている。

**蓮如上人**　「親鸞聖人《しんらんしょうにん》がここに、『難度《なんど》の海《うみ》』と言われているのは、苦しみの絶えない人生を、荒波《あらなみ》の絶えない海に例えられているのです。すべての人はね。生まれた時に、この大海原《おおうなばら》に、放り出されるのだ、と親《しん》鸞聖人《らんしょうにん》は仰《おお》せです。大海に放り出された私たちは、一生懸命《いっしょうけんめい》泳がなければ

**＊教行信証**　親鸞聖人の主著。『教巻』『行巻』『信巻』『証巻』『真仏土巻』『化身土巻』の全６巻からなる。

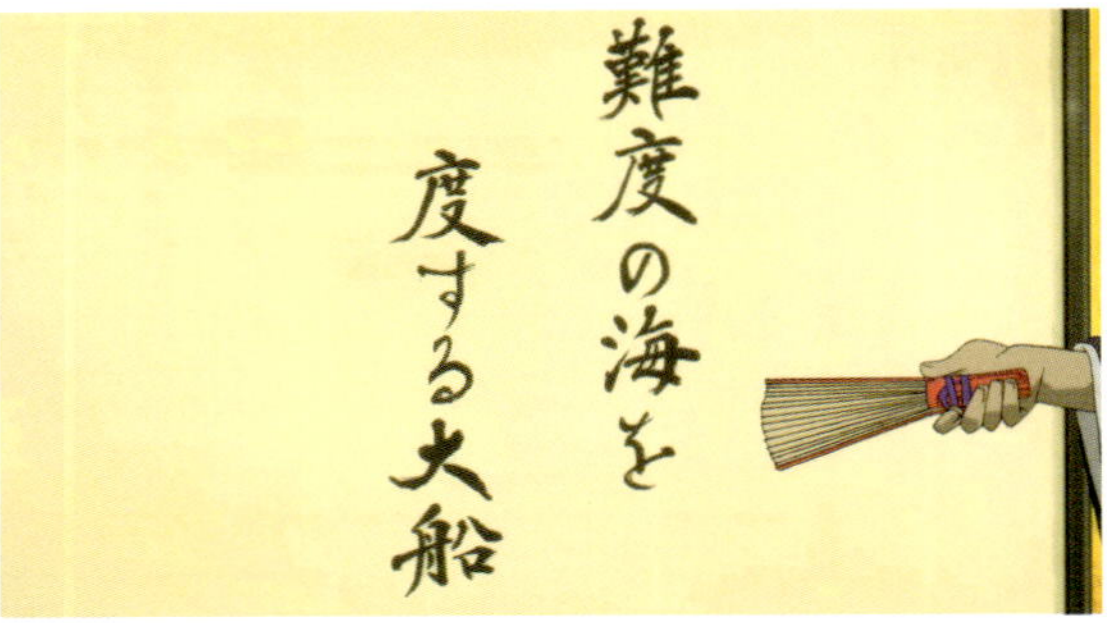


なりません。

ここで一生懸命《いっしょうけんめい》泳ぐとは、私たちが、一生懸命《いっしょうけんめい》生きることを、例えられているのです。

では、何に向かって泳ぐのか。空と水しか見えない大海原《おおうなばら》ですからね、全く方角が立ちません。

だけどね、みなさん。泳がなければ沈《しず》むだけ、私たちは、一生懸命《いっしょうけんめい》泳がなければなりません。しかし、なんの方角も分からず、むやみやたらに泳いでおれば、どうなるでしょう。

やがて身も心も力尽《ちからつ》き、土左衛門《どざえもん》になるのは明らかでしょう。そうと分かっていてもみなさん、私たちは泳ぐしか、ないのです」

**聴衆A**「えぇっ。それは、どういうことや？」

**蓮如上人**「泳《およ》ぎ疲《つか》れた私たちは、近くの浮《う》いた物に、すがらずにはおれません。

ようやく小さな板切れに泳ぎついて、ホッと一息つく間もなく、思わぬ方からの波をかぶり、せっかくの板切れに見放され、塩水のんで苦しみます。

あぁ、あれは、板切れが小さかったからだと思い直し、もっと大きな丸太ん棒を求めて泳ぎます。

やっと大きな丸太ん棒につかまって、いい気分に浮《う》かれていると、さらに大きな波に襲《おそ》われ、また塩水のんで苦しみます。

もっともっと大きな丸太ん棒なら……、こんなことにならなかったのにと……。死ぬまで、夢のまた夢に取りつかれ、苦しみの難度《なんど》の海《うみ》は果てしがないのです」

**聴衆B女**「丸太ん棒？」

**聴衆C**「板切れ？」

**蓮如上人**「そうですよ、みなさん。私たちは何かをあて力《ちから》にし、生《い》き甲斐《がい》にしなければ、生きてはいけません。みなさんも、そうでしょう。それぞれ何か、生《い》き甲斐《がい》を持っているでしょう」

**聴衆A**「(心の中で)わしは自分で稼《かせ》いだ金だ。金がなければ生きられん」

**聴衆B女**「(心の中で)あたしは可愛《かわい》い子供よ。あの子を一人前にしてやらねば……」

**蓮如上人**「親鸞聖人《しんらんしょうにん》はね、そんな妻や子供や金や財産などは、みんな大海に浮《う》いている、板切れや丸太ん棒だと言われてますよ。

みなさん親鸞聖人《しんらんしょうにん》の、常の仰《おお》せをご存じでしょう。

『よろずのこと、みなもって、そらごとたわごと、まことあることなし』*と、断言されています」

**了顕**「(心の中で)……妻や子供が、丸太ん棒!?」

蓮如上人《れんにょしょうにん》の断言に驚《おどろ》き、ざわめく聴衆《ちょうしゅう》たち。

**蓮如上人**「なぜ親鸞聖人《しんらんしょうにん》は、家族やお金を、丸太ん棒や板切れとおっしゃったのか。

それはねえ。夫や妻を頼《たよ》りにしていても、*死に別れもあれば、生き別れもある。生《い》き甲斐《がい》に育てた子供も、大きくなれば親の思いどおりにはならんでしょう。大事な人が、突然《とつぜん》、病気や災害で亡くなり、苦しんでいる人も

**＊よろずのこと、みなもって……** 『歎異抄』に書かれている。97ページの解説参照。
**＊夫や妻を頼りにしていても……** 『御文章』に書かれている。95ページの解説参照。

あるでしょう。

いよいよ死んでゆく時は、板切れや丸太ん棒から引《ひ》き離《はな》されるように、私たちは、平生《へいぜい》、頼《たよ》りにしていたものから、すべて見放され、塩水のんで苦しまなければならないからです」

**了顕**「（心の中で）だが、何かを求めて、泳ぐしかなかろう……」

**蓮如上人**「みなさん。私たちはやがて必ず、土左衛門《どざえもん》にならねばならぬのに、どう泳げばよいのか。泳ぎ方しか、考えておりません。

私たちは生まれると同時に、どう生きるかに一生懸命《いっしょうけんめい》です。少しでも元気がないと『頑張《がんば》って生きよ』と、励《はげ》ますでしょう。

だが、少し考えてみれば、おかしなことです。

やがて必ず死なねばならないのに、なぜ苦しくても生きねばならないのでしょうか。おかしな話ではありませんか。

この私たちの、最も知りたい疑問に答えられたのが、親鸞聖人《しんらんしょうにん》なのですよ。

親鸞聖人《しんらんしょうにん》はね。どんなに苦しくても、生きねばならぬのは、私たちには、とっても大事な目的があるからだと、懇《ねんご》ろに教えられています」

静かに聞き入る聴衆《ちょうしゅう》たち。

**蓮如上人**「その肝心《かんじん》の、生きる目的を知らなければ、生きる意味がなくなるではありませんか、みなさん」

了顕《りょうけん》、一歩前へ踏《ふ》み出《だ》し、

**了　顕**「あいつは、丸太ん棒なんかじゃない！」

憤然《ふんぜん》と叫《さけ》び、本堂から出ていく。

去っていく後ろ姿を、穏《おだ》やかに見つめられる蓮如上人《れんにょしょうにん》。

## 25 了顕の家（夜）

了顕《りょうけん》、寝転《ねころ》んで、蜘蛛《くも》の巣の張った天井《てんじょう》を見上げている。

蓮如上人《れんにょしょうにん》の法話を思い返し、つぶやく。

**了　顕**「俺《おれ》を見捨てて、離《はな》れてゆくもの……」

## 26 本願寺・庭（数日後）

蓮如上人《れんにょしょうにん》、子供のおしめを洗濯《せんたく》しておられる。＊

妻の蓮祐《れんゆう》がやってきて、

**蓮　祐**「まあまあ。おしめは私《わたくし》が洗いますのに……」

**蓮如上人**「（笑って）いやいや、たまには手伝わねばのぉ」

＊蓮如上人が、子供のおしめもご自身で洗われていたエピソードは、『御一代記聞書』に記されている。

洗濯《せんたく》を続けられる蓮如上人《れんにょしょうにん》。

**蓮　祐**　「すみません」

寺の中へ戻《もど》る蓮祐《れんゆう》。

その様子を遠くから、じっと見ていた了顕《りょうけん》、おそるおそる蓮如上人《れんにょしょうにん》に近づいていく。

**蓮如上人**　「（微笑《びしょう》して）ああ、この前の方じゃな」

**了　顕**　「この間は、すまんことでした。ただ、いまだに、どうも分からんのです。最近、妻を亡くしました。いなくなってアイツと腹の中の子供が、俺《おれ》の生《い》き甲斐《がい》だったと思い知らされました。それがどうして丸太ん棒っていわれるのか、どうも？」

**蓮如上人**　「それはねえ。私たちはね、やがて必ず死なねばなりません。どこにも千年万年、生きている人を聞かないでしょう。次の世に旅立つ時は、妻も子供も、連れになってはくれません。この世のもの何一つ、持ってはゆけないのです。私たちは、死出《しで》の山路《やまじ》を、ただ一人で行かねばなりません」*

**了　顕**　「（まだ納得できず）……」

＊死出の山路を、ただ一人で……　『御文章』に書かれている。95ページの解説参照。

## 27 本願寺・本堂（後日）

不精髭《ぶしょうひげ》を剃《そ》ってサッパリとした了顕《りょうけん》。

前のほうに座り、蓮如上人《れんにょしょうにん》の話を聞《き》き漏《も》らすまいと身を乗り出している。

**蓮如上人**「親鸞聖人《しんらんしょうにん》は、この苦しみの難度《なんど》の海《うみ》を、極楽浄土《ごくらくじょうど》まで楽しく渡《わた》す大きな船があるのだよと、断言されています」

屏風《びょうぶ》には、墨絵《すみえ》で、大きな船が描《えが》かれている。

**蓮如上人**「この大船《たいせん》はね。難度《なんど》の海《うみ》に苦しむ私たちを乗せて、極楽浄土《ごくらくじょうど》まで渡《わた》すために、阿弥陀仏《あみだぶつ》*の本願《ほんがん》によって造られた船です。だから親鸞聖人《しんらんしょうにん》は大悲《だいひ》の願《がん》船《せん》とおっしゃっておられます。

ところが私たちには、悲しいことに、この大悲《だいひ》の願船《がんせん》を見る眼《め》もなければ、*必死に呼ばれる、船長の声を聞く耳も持ってはおりません。*そんな私たちと見抜《みぬ》かれた阿弥陀仏《あみだぶつ》が、そんな者を、そのまま乗せて、必ず弥陀《みだ》の浄土《じょうど》まで渡《わた》す大きな船を造ったのだよ、と仰《おお》せです。

この阿弥陀仏《あみだぶつ》の大慈悲《だいじひ》によって、大悲《だいひ》の願船《がんせん》に乗せられると同時に、私たちの苦しみの人生は、幸せな人生にガラリと変わります。

この大船《たいせん》に乗せていただくために私たちは、苦しくても生《い》き抜《ぬ》かねばならないのです。仏法聞くのは、これ一つのためなのですよ」

---

**＊阿弥陀仏**　93ページの解説参照。

**＊見る眼もなければ**　98ページの解説参照。

**＊聞く耳も持ってはおりません**　98ページの解説参照。

**聴衆D**　「その大悲《だいひ》の願船《がんせん》に、いつ乗せてもらえるのかいな？」

**蓮如上人**　「それは、平生《へいぜい》、生きている、今のことです。今この大船《たいせん》に乗せていただき、どんなことがあっても変わらぬ、絶対の幸福になることを、『平生業《へいぜいごう》成《じょう》』と親鸞聖人《しんらんしょうにん》は言われています」

御仏壇《おぶつだん》の上に掲《かか》げられている大額には「平生業成《へいぜいごうじょう》」と書かれている。

**了　顕**　「（つぶやく）平生業成《へいぜいごうじょう》……」

**蓮如上人**　「私たちは、この平生業成《へいぜいごうじょう》の身になるために、この世に生まれてきたのですよ」

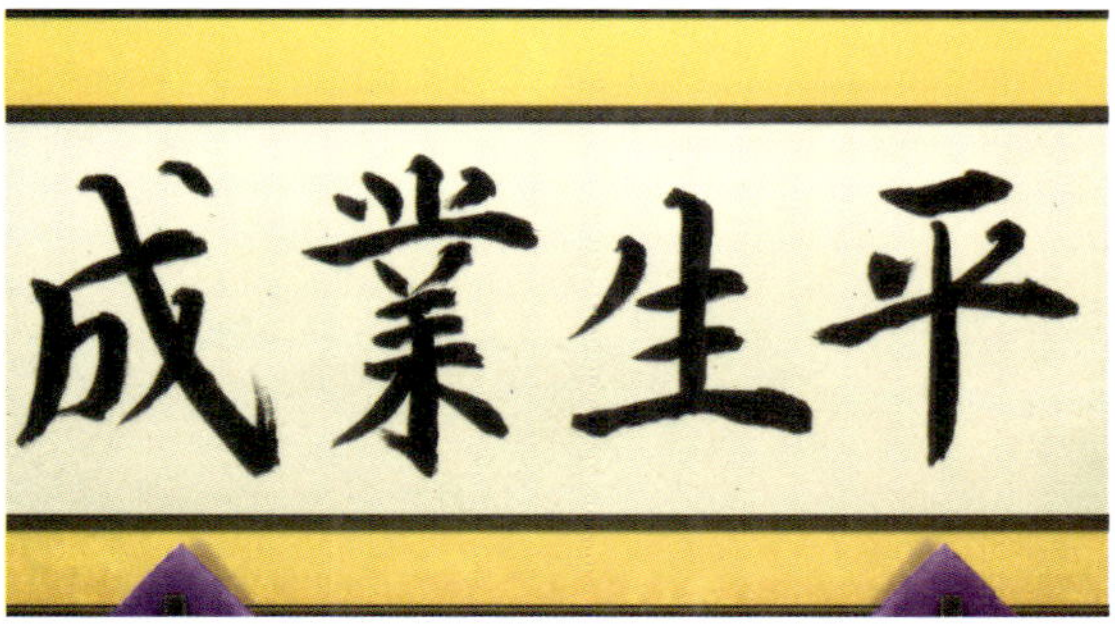

## 28 畑（翌日）

畑を耕す了顕《りょうけん》。

何か思案顔で、鍬《くわ》を振《ふ》り下《お》ろしている。

## 29 本願寺（数日後）

しとしとと雨が降っている。

了顕《りょうけん》は、本堂の最前列に座って、蓮如上人《れんにょしょうにん》の法話を聞いている。

御仏壇《おぶつだん》の横には、大船《たいせん》を描《えが》いた屏風《びょうぶ》が置かれている。


**蓮如上人**「では この大悲《だいひ》の願船《がんせん》に、どうすれば乗せてもらえるのか。今からお話しいたしましょう。

お釈迦《しゃか》さまも、親鸞聖人《しんらんしょうにん》も、阿弥陀仏《あみだぶつ》の本願《ほんがん》を聞く一つで、この大船《たいせん》に乗せていただけるのだよと、教えられています。『聞く一つで、大船《たいせん》に乗せる』ということは、阿弥陀仏《あみだぶつ》の命を懸《か》けたお約束だからです。

ですから最も大事なことは、真剣《しんけん》に、よくよく阿弥陀仏《あみだぶつ》の本願《ほんがん》を、聞くことが肝要《かんよう》なのです」

**聴衆E**「（小声）え、本当に聞くだけで、大悲《だいひ》の願船《がんせん》に乗せてもらえるのかいな？」

**聴衆F**「（小声）私も乗せてもらえるのかしら？」

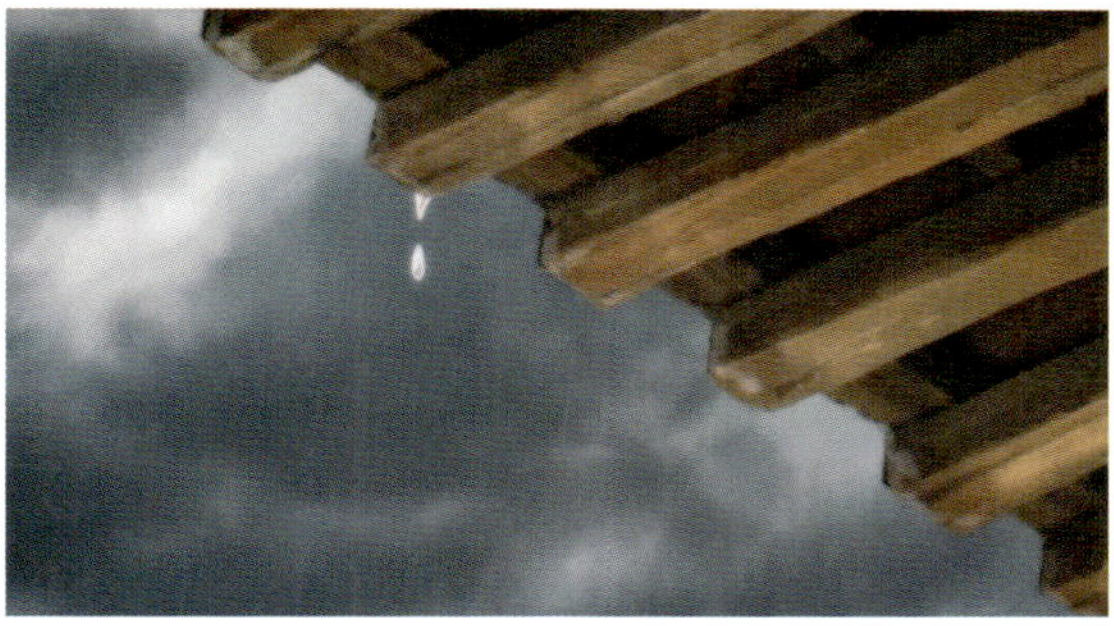

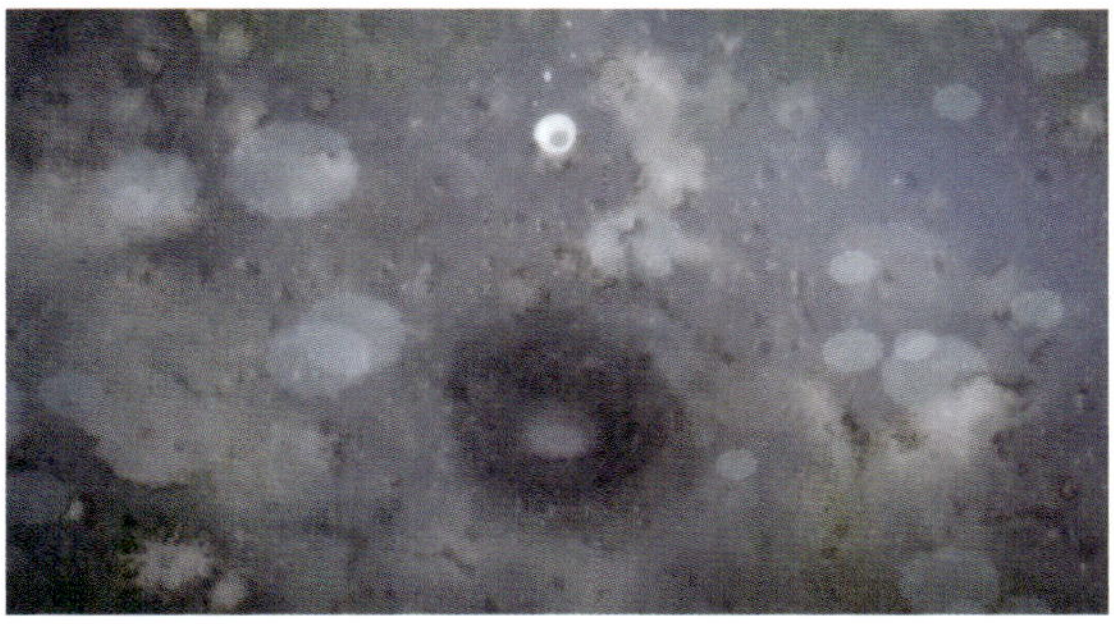

**蓮如上人**「そうそう、『こんな私でも、本当に乗せてもらえるのだろうか』と思われるでしょうか……、ああ、そうそう、ほら、あそこをごらんなさい」

蓮如上人《れんにょしょうにん》は、軒下《のきした》の石を中啓《ちゅうけい》で指される。

**蓮如上人**「雨だれで、石に穴が*あいているでしょう。あんな軟《やわ》らかい水でも、続いて同じ所に雨だれが落ちると、硬《かた》い石にも穴があくのですよ。いろいろの計らいを捨てて、阿弥陀仏《あみだぶつ》一仏に向かって、一心にお聞きください。聞く一念《いちねん》*の瞬間《しゅんかん》に阿弥陀仏《あみだぶつ》は、そのままの姿で、大船《たいせん》に乗せてくだされるのです」

**＊雨だれで、石に穴が……**　『御一代記聞書』に書かれている。101ページの解説参照。

**＊一念**　何兆分の１秒よりも短い時間。

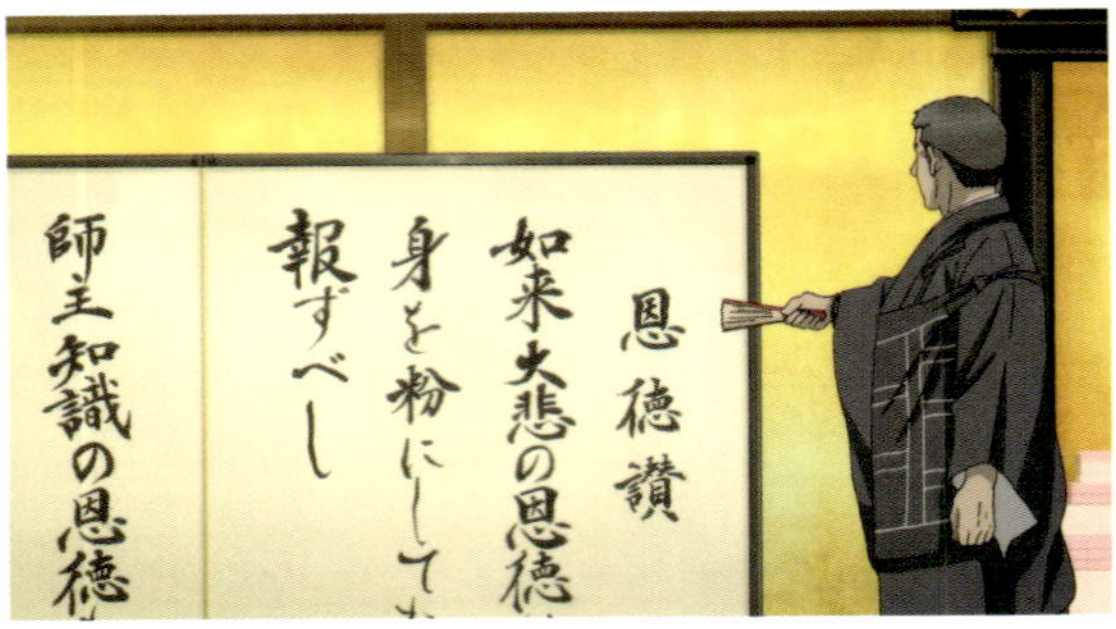


蓮如上人《れんにょしょうにん》、屏風《びょうぶ》に書かれている恩徳讃《おんどくさん》を中啓《ちゅうけい》で指されながら、

**蓮如上人**　「この阿弥陀如来《あみだにょらい》の広大なご恩を詠《うた》われたのが、親鸞聖人《しんらんしょうにん》の恩徳讃《おんどくさん》です。

ここに『身《み》を粉《こ》にしても』とおっしゃる『如来大悲《にょらいだいひ》の恩徳《おんどく》』とは、すべての仏から、見捨てられた私たちを、ただ一人、助けてくだされた阿弥陀如《あみだにょ》来《らい》のご恩のことです。

例えば、すべての医者から見捨てられた難病人が、一人の名医によって全快すると、その名医のご恩を深く感ずるのと同じです。

ただ違《ちが》うのはね、阿弥陀仏《あみだぶつ》の救いは、肉体の救いとは比較《ひかく》にならぬ、永遠の命が救われるご恩ですからね、無限に大きくて深いものなのですよ」


**蓮如上人**　『骨《ほね》を砕《くだ》きても』とおっしゃる『師主知識《ししゅちしき》の恩徳《おんどく》』とは、そんな阿弥陀仏《あみだぶつ》のましますことを教えてくだされた方々の、深いご恩を言われたものです。

先の例えでいえばね、世界にただ一人の名医の居ることを教えてくれた人々のご恩のことです。

それでは、今日は、これまでといたしましょうか」


聴衆《ちょうしゅう》一同、恩徳讃《おんどくさん》を歌う。

**聴　衆**　「如来大悲《にょらいだいひ》の恩徳《おんどく》は

身《み》を粉《こ》にしても報《ほう》ずべし
師主知識《ししゅちしき》の恩徳《おんどく》も
骨《ほね》を砕《くだ》きても謝《しゃ》すべし」

**31 馬小屋（数日後）**

馬の世話をしながら、恩徳讃《おんどくさん》を歌う了顕《りょうけん》。その目には生気が宿っている。

了顕「如来大悲《にょらいだいひ》の恩徳《おんどく》は
身《み》を粉《こ》にしても報《ほう》ずべし……」

助六「おい。なんだ、その歌？」

了顕「え？　……そうか！」

助六「？」

了顕「千代《ちよ》のやつ、俺《おれ》に、あの大船《たいせん》のことを教えようとしてくれていたんだな……」

**32 京都市内・橋の上（夕）**

生き生きした表情で歩く了顕《りょうけん》。美しい夕焼けの空に向かって。

了顕「そうか、千代《ちよ》！　そうだったのか！」

## 33 本願寺・本堂

蓮如上人《れんにょしょうにん》の法話を聞いている了顕《りょうけん》。

その表情は穏《おだ》やかで、悩《なや》んでいた頃《ころ》とは、まるで別人である。

**語り**

「真実の仏法に触《ふ》れた了顕《りょうけん》は、蓮如上人《れんにょしょうにん》の法話には欠かさず参詣《さんけい》し、深く教えを聞くことに大きな喜びを感じるようになった」

## 34 本願寺・境内

秋が深まり、紅葉した木の葉が境内《けいだい》に落ちている。

弟子たちとともに、掃《は》き掃除《そうじ》をする了顕《りょうけん》。

## 35 本願寺・一室

季節は冬へ。雪が降っている。

墨染《すみぞ》めの衣《ころも》を着る了顕《りょうけん》。顔つきは、さらに精悍《せいかん》になっている。

その姿を見て、満足げにうなずかれる蓮如上人《れんにょしょうにん》。

傍《かたわ》らで微笑《ほほえ》んでいる法敬房《ほうきょうぼう》。

**語り**

「かくして了顕《りょうけん》は、蓮如上人《れんにょしょうにん》のお弟子・本光房了顕《ほんこうぼうりょうけん》となったのである」

## 36 本願寺・表

**語り**

旅姿をした若者・道宗《どうしゅう》（二十四歳）、本願寺《ほんがんじ》の門を訪れる。

「真実の仏法を知らされ、親鸞聖人《しんらんしょうにん》の教えを伝えることを使命とする若者は、続々と現れていた。

『なぜ生きる』の一大事に悩《なや》み苦《くる》しんだ赤尾道宗《あかおのどうしゅう》が、越中《えっちゅう》＊五箇山《ごかやま》＊の山中から京都へ出てきたのも、この頃《ころ》であった」

＊**越中**　現在の富山県。

＊**五箇山**　富山県南砺市の山村地区。合掌造りの民家で有名。

## 37 本願寺・境内

参詣者《さんけいしゃ》であふれる本願寺《ほんがんじ》。

本堂に入り切れず、弟子たちによって会場整理が行われている。

**了顕** 「申し訳ありません。本堂はいっぱいですので、こちらへ、どうぞ」

**道宗** 「みなさん、押《お》さないで、ゆっくりお進みください」

**語り** 「蓮如上人《れんにょしょうにん》の法話には、参詣者《さんけいしゃ》が日ごとに増し、本堂の増築工事が繰《く》り返《かえ》し行われていた」

## 38 本願寺・境内（数日後）

増築工事中の本堂。

工事を手伝う、了顕《りょうけん》と道宗《どうしゅう》。

**蓮如上人** 「法敬房《ほうきょうぼう》。なんとか、一人でも多く聴聞《ちょうもん》できるようにしたいのう……」

**法敬房** 「はい、上人《しょうにん》さま。なにしろ昨年も増築したばかりで、もう敷地《しきち》はギリギリ。これ以上は、なんとも……」

**蓮如上人** 「（寂《さび》しげにつぶやく）そうか。もう限界か……」

**語り** 「時は応仁《おうにん》の大乱から、戦国乱世へと移りゆく頃《ころ》だった。暗い世相の中で

**語り**

『なぜ生きる』の答えが明らかにされている親鸞聖人《しんらんしょうにん》の教えは、ひときわ輝きを放ち、真実の救いを求める人は、日増しに多くなっていったのである」

**39 本願寺・蓮如上人の居室（夜）**

机に向かい、筆を執っておられる蓮如上人《れんにょしょうにん》。

「蓮如上人《れんにょしょうにん》は、激しい布教の合間をぬって、御門徒《ごもんと》*に多くの手紙を書かれている。それは、親鸞聖人《しんらんしょうにん》の人類救済の根本聖典《こんぽんせいてん》である『教行信証《きょうぎょうしんしょう》』の真意を分かりやすく表されたもので、今日《こんにち》『御文章《ごぶんしょう》』*といわれている。親鸞聖《しんらんしょう》人《にん》の教えの浸透《しんとう》に大きな役割を果たした」

**40 本願寺・本堂**

満堂の参詣者《さんけいしゃ》に、法話をされる蓮如上人《れんにょしょうにん》。

前方に大きな屏風《びょうぶ》が置かれ、親鸞聖人《しんらんしょうにん》の和讃《わさん》が書かれている。

**蓮如上人**「『生死《しょうじ》の苦海《くかい》ほとりなし　ひさしく沈《しず》めるわれらをば　弥陀弘誓《みだぐぜい》の船《ふね》のみぞ　乗《の》せて必《かなら》ず渡《わた》しける』。親鸞聖人《しんらんしょうにん》は、分かりやすく、こう教えられています。

**＊門徒**　108ページの解説参照。

**＊御文章**　106ページの解説参照。

生死の苦海
ほとりなし
ひさしく沈める
われらをば
弥陀弘誓の
船のみぞ
乗せて必ず
渡しける

『生死《しょうじ》の苦海《くかい》ほとりなし　ひさしく沈《しず》めるわれらをば』とは、苦しみの海に、永らく、さまよい続けてきた私たちのことです。
そんな私たちを『弥陀弘誓《みだぐぜい》の船《ふね》のみぞ　乗《の》せて必《かなら》ず渡《わた》しける』とは、阿弥《あみ》陀仏《だぶつ》の、大悲《だいひ》の願船《がんせん》だけが、乗せて極楽浄土《ごくらくじょうど》まで渡《わた》してくださるのだよ、とおっしゃっています」

多くの参詣者《さんけいしゃ》の中で、了顕《りょうけん》と道宗《どうしゅう》は、ひときわ身を乗り出して聞いている。

**蓮如上人**「ですからね、『阿弥陀仏《あみだぶつ》一仏に向きなさい、阿弥陀仏《あみだぶつ》一仏を信じなさいよ』と言い残されて、お釈迦《しゃか》さまはこの世を去られました」

参詣者《さんけいしゃ》の最後列に、目つきの悪い町人風の男が三人いる。
気づかれないように、そっと抜《ぬ》け出《だ》していく。

## *41* 町の辻

三人組の男、頭巾《ずきん》を取る。その正体は、比叡山《ひえいざん》*の僧侶《そうりょ》だった。

**比叡山僧侶A**「阿弥陀仏《あみだぶつ》だけを信じよ、だとよ」

**比叡山僧侶B**「他の仏や神では助からんとか、言いやがっていたな」

**比叡山僧侶C**「なにしろ、俺《おれ》たちが檀家《だんか》に与《あた》えた本尊《ほんぞん》を、風呂《ふろ》の度《たび》に薪《たきぎ》と一緒《いっしょ》に焼いているそうだ！」

**＊比叡山**　京都府と滋賀県の境にある山。天台宗の本山がある。

**比叡山僧侶A** 「まさしく外道《げどう》だ。悪魔《あくま》だ。とんでもないやつらだ」

大勢の参詣者《さんけいしゃ》が、嬉々《きき》として帰っていく姿を、いまいましげに見送る比叡山《ひえいざん》の僧侶《そうりょ》たち。

**比叡山僧侶B** 「なぜ、あんな悪魔《あくま》に、あれほど多くの者たちが……」

商家の主人と、その番頭らしき参詣者《さんけいしゃ》が目の前を通り過ぎる。

**比叡山僧侶C** 「あれは越後屋《えちごや》の主人と番頭ではないか。蓮如《れんにょ》に鞍替《くらが》えしたのか。畜生《ちくしょう》、檀《だん》家《か》を奪《うば》いやがったな！」

**比叡山僧侶A** 「このままでは、比叡山《ひえいざん》の参詣者《さんけいしゃ》が減る一方だ」

**比叡山僧侶B** 「このまま捨ててはおけまい。我々の力を思い知らせてやろうじゃないか」

含《ふく》み笑《わら》いをしながら、比叡山《ひえいざん》の方角へ去っていく。

**語り** 「急速な発展を遂《と》げた浄土真宗《じょうどしんしゅう》は、比叡山《ひえいざん》や他宗派にとって脅威《きょうい》であった。
檀家《だんか》や大衆を地獄《じごく》へ堕《お》とす悪魔《あくま》としか見えなかった。
当時の比叡山《ひえいざん》には、槍《やり》や長刀《なぎなた》で武装して暴れ回る僧侶《そうりょ》の一団があり、僧兵《そうへい》と呼ばれ恐《おそ》れられていた」

## 42 本願寺・表（夜）

**語り**「そして、ついに事件は起きた。寛正《かんしょう》六年*の一月十日。比叡山《ひえいざん》の僧兵《そうへい》たちが一斉《いっせい》に本願寺《ほんがんじ》を襲撃《しゅうげき》したのだ。世にいう『寛正《かんしょう》の法難《ほうなん》』である。蓮如上人《れんにょしょうにん》五十一歳の時であった」

押《お》し寄《よ》せる僧兵《そうへい》たち。門扉《もんぴ》に大木をぶつけ、突《つ》き破《やぶ》ろうとしている。

## 43 本願寺（夜）

**僧兵たち**「うぉっりゃ――!!」

**弟子A**「た……、大変だ……、僧兵《そうへい》じゃ！　比叡山《ひえいざん》の夜襲《やしゅう》じゃぁ！
上人《しょうにん》さまぁ、蓮如上人《れんにょしょうにん》さまぁ!!」

**僧兵たち**「うぉおおおおおお!!」

僧兵《そうへい》が門を打《う》ち壊《こわ》して乱入してくる。

**蓮如上人**「（冷静に）法敬房《ほうきょうぼう》、まず御本尊《ごほんぞん》をお護《まも》りするのじゃ」

**法敬房**「はい、かしこまりました！」

**蓮如上人**「了顕《りょうけん》、『教行信証《きょうぎょうしんしょう》』をお運びするように」

**了顕**「はっ！」

＊寛正６年　1465年。

## 44 本願寺・本堂（夜）

刀と槍《やり》を振《ふ》るい、暴れ回る僧兵《そうへい》たち。

僧兵たち「うぉおおおおおお!!」

僧兵A「みんな打《う》ち壊《こわ》せぇ!!」

御仏壇《おぶつだん》や屏風《びょうぶ》などを、次々に打《う》ち壊《こわ》す僧兵《そうへい》たち。

僧兵B「蓮如《れんにょ》は、どこだ!!」

僧兵C「蓮如《れんにょ》を捜《さが》し出《だ》せ!!」

了顕《りょうけん》は、『教行信証《きょうぎょうしんしょう》』が納められた経櫃《きょうびつ》を抱《かか》えて、必死に走る。

僧兵D「逃《のが》すな！」

僧兵E「待ていっ！」

僧兵F「おりゃあっ！」

僧兵G「ぐはっ……」

## 45 本願寺・境内

僧兵《そうへい》によって破壊《はかい》された建物を、無念そうに見つめる了顕《りょうけん》。

道宗「おい、了顕《りょうけん》……行くぞ」

了顕「ああ……」

**語り**　「本願寺《ほんがんじ》の建物は、ことごとく破壊《はかい》されたが、蓮如上人《れんにょしょうにん》の法話を聞きたい人々の思い、聞法心《もんぽうしん》は、ますます燃え上がり、少しも衰《おとろ》えることはなかった」

## 46 近江のある寺（廃寺）

**語り**　「蓮如上人《れんにょしょうにん》は求めに応じて、どんな危険を冒《おか》しても、法話に赴《おもむ》かれた」

大勢の参詣者《さんけいしゃ》の前で、法話をされる蓮如上人《れんにょしょうにん》。

**弟子B**　「僧兵《そうへい》だ！　また僧兵《そうへい》が来たぞぉ!!」

僧兵《そうへい》たちが武器を持ってなだれこんでくる。

了顕《りょうけん》と道宗《どうしゅう》、蓮如上人《れんにょしょうにん》をかばって立ちはだかる。

**語り**　「しかし、いずこもすぐに参詣者《さんけいしゃ》であふれ、そこへまた僧兵《そうへい》たちが暴《あば》れ込《こ》んでくるのだった」

**僧兵H**　「うおおお――」

## 47 橋のある道

蓮如上人《れんにょしょうにん》一行、素早く橋の下へ下りて、身を隠《かく》す。

追ってきた僧兵《そうへい》たち、それに気づかず、橋の上を通り過ぎていく。

**語り**

「橋の下や、洞窟《どうくつ》の中に身を隠《かく》されることも珍《めずら》しくなかった」

### 48 農家の庭

近隣《きんりん》の農民たちに、法話をされる蓮如上人《れんにょしょうにん》。
突然《とつぜん》、僧兵《そうへい》たちが乱入してくる。
了顕《りょうけん》と道宗《どうしゅう》が、僧兵《そうへい》を防いでいるうちに、蓮如上人《れんにょしょうにん》は逃《に》げ落《お》ちられる。

### 49 洞窟の中

暗い洞窟《どうくつ》の中で、息を潜《ひそ》められている蓮如上人《れんにょしょうにん》。
そばに控《ひか》える、道宗《どうしゅう》や弟子たち。
了顕《りょうけん》は、『教行信証《きょうぎょうしんしょう》』の経櫃《きょうびつ》を大切に抱《かか》えている。

**語り**

「追われるように、各地を転々とされながら、必死の布教を続けられる蓮如《れんにょ》上人《しょうにん》であった」

### 50 町の辻

立て札（手配書）の前に、人々が群がっている。
そこには、蓮如上人《れんにょしょうにん》の似顔絵が描《えが》かれている。

町人A　「蓮如《れんにょ》さんの首を取った者には、金子《きんす》を与《あた》えるってよ」

町人B　「ほう。これだけありゃ、一生遊んで暮らせるな」

語り　「ついに、金めあての無法者までもが、蓮如上人《れんにょしょうにん》の命を狙《ねら》うようになっていった」

## 51 近江の山道

蓮如上人《れんにょしょうにん》が法敬房《ほうきょうぼう》、了顕《りょうけん》、道宗《どうしゅう》を従えて、山道を登ってこられる。

道宗　「大丈夫《だいじょうぶ》でしょうか？」

蓮如上人　「大丈夫《だいじょうぶ》じゃよ、これしきの坂」

法敬房　「決して、ご無理なされませぬように」

道宗　「ここさえ越《こ》えれば、僧兵《そうへい》に見つからずに行けましょう」

了顕　「さすが道宗《どうしゅう》。五箇山《ごかやま》で育っただけあって、山道には詳《くわ》しいな。俺《おれ》はこの腕《うで》以外、なんの役にも立てそうもない」

法敬房　「了顕《りょうけん》、お前に木剣《ぼっけん》を持たせたら、怖《こわ》い者《もの》なしだからな」

前方の岩陰《いわかげ》に、三人の無法者が隠《かく》れている。

法敬房　「本願寺《ほんがんじ》が破壊《はかい》されてから、もう六年にもなります。あれから上人《しょうにん》さまには、ご苦労のおかけ通しで……」

**蓮如上人**「いやいや。そんなことより一刻も早く、親鸞聖人《しんらんしょうにん》の教えをみなに、お伝えしなければならん」

三人の無法者、短剣《たんけん》を抜《ぬ》いて岩陰《いわかげ》から飛び出し、蓮如上人《れんにょしょうにん》の前に立ちはだかる。

**蓮如上人**「！」

**無法者A**「お前さんが、蓮如《れんにょ》だな」

**法敬房**「何やつじゃ、お前たちは！」

**無法者A**「どけいっ！　俺《おれ》らは蓮如《れんにょ》に用があるんだ！」

**了　顕**「黙《だま》れ、無礼者！　上人《しょうにん》さまに指一本でもふれてみろ。この俺《おれ》が黙《だま》ってはいないからな！」

了顕《りょうけん》、木の棒を持って、構える。

**無法者A**「なにを!?　小癪《こしゃく》な、クソ坊主《ぼうず》が！」

無法者A、短剣《たんけん》をかざして了顕《りょうけん》に襲《おそ》いかかる。

了顕《りょうけん》、木の棒で軽く無法者Aの短剣《たんけん》をたたき落とし、腰を打つ。

**無法者A**「うぉっ！」

**無法者B**「こいつ！」

続いて襲《おそ》ってきた無法者Bの短剣《たんけん》も、木の棒で難なくはじき飛ばし、胴《どう》を強く打ちすえる。

**無法者B**「ぐわっ！」

**無法者C**「ヒッ！」

**了　顕**「おい！　これ以上、刃《は》向《む》かうなら、容赦《ようしゃ》はしないぞ！」

無法者たち、了顕《りょうけん》の気迫《きはく》に押《お》されて、後ずさりする。

**無法者A**「お、覚えてやがれ！」

逃《に》げ去《さ》っていく無法者たち。

了顕《りょうけん》、蓮如上人《れんにょしょうにん》の元へ駆《か》け寄《よ》り、ひざまずく。

**了　顕**「上人《しょうにん》さま！　ご無事で何よりでございました。法敬房《ほうきょうぼう》さまもお怪我《けが》などは？」

**法敬房**「私は、このとおり大丈夫《だいじょうぶ》じゃ」

**蓮如上人**「ああ。まことに親鸞聖人《しんらんしょうにん》のおっしゃるとおり、この世は悪世じゃのう、疑《ぎ》謗破滅《ほうはめつ》*、盛《さか》んではないか」

弟子たちも深くうなずき、目頭《めがしら》を押《お》さえる。

**法敬房**「上人《しょうにん》さまに、このようなご辛労《しんろう》をおかけするとは……（涙《なみだ》ぐむ）」

**蓮如上人**「法敬房《ほうきょうぼう》。かって親鸞聖人《しんらんしょうにん》が遠く越後《えちご》*に流刑《るけい》にあわれた折、『おかげで越後《えちご》の人たちに仏法をお伝えできる。有り難い阿弥陀仏《あみだぶつ》のご方便』と合掌《がっしょう》されたではないか。祖師聖人《そししょうにん》のご苦労を思えば、蓮如《れんにょ》の苦労など苦労のうちに

**＊疑謗破滅**　疑ったり、そしったり、迫害すること。

**＊越後**　現在の新潟県上越市。

は入らぬのじゃ」

**法敬房**　「もったいのうございます」

ひれ伏《ふ》す、法敬房《ほうきょうぼう》。

**蓮如上人**　「（一同を元気づけるように、明るく）みなの者。この際、蓮如《れんにょ》、仏縁《ぶつえん》深い北陸を巡《めぐ》ってみようと思うのじゃが」

法敬房《ほうきょうぼう》はじめ一同、驚《おどろ》いて顔を上げる。

**法敬房**　「なんと！　北陸ですか、上人《しょうにん》さま」

**蓮如上人**　「そうじゃ。かって親鸞聖人《しんらんしょうにん》のみ跡《あと》を慕《した》い、北陸を布教に歩いたことがあったが、いずこの里でも、まことの教えを待ち望んでいた。都で布教がかなわぬならば、ご縁《えん》の深い所でお伝えすればよい。親鸞聖人《しんらんしょうにん》の教えを待っている人々は、天下に満ちているのだからな」

**道　宗**　「そのとおりでございます！　上人《しょうにん》さま」

**蓮如上人**　「（微笑《ほほえ》んで）道宗《どうしゅう》。そういえば、そなたは北陸の生まれじゃったのう」

**道　宗**　「はい。越中《えっちゅう》は、五箇山《ごかやま》*の赤尾《あかお》でございます」

**法敬房**　「雪深い所だと、聞いてはおるが……」

**道　宗**　「はい。背丈《せたけ》の二倍は積もります。しかし、上人《しょうにん》さまがいらっしゃるとなれば、みんなで道を作りましょう！」

**＊五箇山**　富山県南砺市の山村地区。世界有数の豪雪地帯として知られる。

蓮如上人「ほう！　五箇山《ごかやま》はそんなに雪が積もるのか」

道　宗「どんなに積もっても、いざとなれば、この道宗《どうしゅう》、おぶって差し上げましょう」

蓮如上人「（笑って）おやおや、もう！　年寄り扱《あつか》いかな」

一　同「（明るく笑う）」

蓮如上人「（笑顔《えがお》でうなずいて）さあ。出発じゃ……！」

新たな希望と旅立ちで、一同の表情には明るさと、力強さがみなぎっている。

語　り「かくて蓮如上人《れんにょしょうにん》は、五十七歳の時、北陸路へと向かわれたのである」

## 52 東尋坊

断崖絶壁《だんがいぜっぺき》の海岸線を歩かれる蓮如上人《れんにょしょうにん》一行。

## 53 海沿いの道

やがて、吉崎《よしざき》が見えてくる。

語　り「福井県と石川県の境に吉崎《よしざき》がある。吉崎《よしざき》は湖に突《つ》き出《で》た半島である。小高い山を登ると、そこには広い台地が広がっていた」

## 54 吉崎・丘の上

蓮如上人《れんにょしょうにん》、立ち止まって笠《かさ》を取られる。

目の前に、キラキラ輝《かがや》く日本海が広がっている。

弟子たちも笠《かさ》を取って、荷物を下ろし、はるか水平線を眺《なが》めて微笑《ほほえ》む。

**蓮如上人**「おお……ここは、よい！」

いかにも満足そうに。

**法敬房**「はい。上人《しょうにん》さま。ここならどんな広い本堂でも建てられます。もう増築の心配はいりません」

**了　顕**「向こうには、広々とした青い海が見えますし、なんと素晴らしい所でしょう。まるで湖の真ん中に大殿堂《だいでんどう》が建つようです」

**蓮如上人**「参詣者《さんけいしゃ》が心静かに、真剣《しんけん》に聞法《もんぽう》できる環境《かんきょう》が何よりも大切じゃ」

**道　宗**「どこへ行っても、参詣者《さんけいしゃ》が増えると僧兵《そうへい》どもが暴《あば》れ込《こ》んできて、大変でしたからね」

**法敬房**「ここなら三方が湖だから、僧兵《そうへい》どもも攻《せ》めては来れんだろう」

**了　顕**「残りの一方だけを頑丈《がんじょう》にすれば難攻不落《なんこうふらく》です。みんなが安心して、上人《しょうにん》さまから、阿弥陀仏《あみだぶつ》の本願《ほんがん》を聞かせていただけますね」

蓮如上人《れんにょしょうにん》、笑顔《えがお》でうなずかれる。

× × ×

吉崎御坊《よしざきごぼう》の建設風景。

了顕《りょうけん》や道宗《どうしゅう》をはじめ、弟子たちも工事を手伝《てつだ》っている。

その様子を見守られている蓮如上人《れんにょしょうにん》と、法敬房《ほうきょうぼう》。

## 語り

「吉崎御坊《よしざきごぼう》の建立《こんりゅう》には、莫大《ばくだい》な資金と物資が必要だった。
しかし、日本各地の熱烈《ねつれつ》な親鸞学徒《しんらんがくと》*のお布施《ふせ》によって、驚《おどろ》くべき短期間で
吉崎御坊《よしざきごぼう》は完成した」

**＊親鸞学徒**　親鸞聖人の教えを学び、信じ、伝える人。

**語り**

**55 吉崎御坊・外観**

「真実の大殿堂《だいでんどう》が、北陸の吉崎《よしざき》に建立《こんりゅう》されたことを聞いて、蓮如上人《れんにょしょうにん》を慕《した》う全国の親鸞学徒《しんらんがくと》は慶喜《きょうき》した。一言でも聞かせていただきたいと、吉崎《よしざき》の参《さん》詣者《けいしゃ》は日に日に増えていった」

**56 吉崎御坊・入口**

道宗《どうしゅう》、十数人の老若男女《ろうにゃくなんにょ》を率いて、やってくる。

**道宗** 「了顕《りょうけん》、久しぶりだなぁ」

**了顕** 「おお、道宗《どうしゅう》。越中《えっちゅう》からお誘《さそ》いしてきたのか？」

**道宗** 「そうだ。なにしろ、蓮如上人《れんにょしょうにん》のご法話を聞かせていただけるとあって、みんな大喜びだ」

さらに数人の旅姿の男女が、北陸街道からやってくるのが見える。

**了顕** 「ん？　あの人たちも、吉崎《よしざき》へ参詣《さんけい》されたようだな。道宗《どうしゅう》、迎《むか》えにいこうか」

**道宗** 「ああ」

越中《えっちゅう》の参詣者《さんけいしゃ》を他の弟子に引《ひ》き継《つ》ぎ、了顕《りょうけん》と道宗《どうしゅう》、旅姿の男女の所へ駆《か》けていく。

了顕「みなさん、よく参詣《さんけい》されました。どちらからお越《こ》しですか？」

旅の男性「わしらは、出羽《でわ》*から来ました」

道宗「えっ、出羽《でわ》ですか!?　それは遠い道中、お疲《つか》れになられたことでしょう」

了顕「どうぞ、あちらで、ゆっくりお休みください」

語り　了顕《りょうけん》と道宗《どうしゅう》、出羽《でわ》の参詣者《さんけいしゃ》たちを中へ案内する。

「了顕《りょうけん》や道宗《どうしゅう》など、蓮如上人《れんにょしょうにん》のお弟子たちは、少しでも長旅の疲《つか》れを癒《い》やして、真剣《しんけん》に聞法《もんぼう》できるようにと、遠方からの参詣者《さんけいしゃ》にも、こまやかな配慮《はいりょ》に努めていた」

## 57 吉崎御坊・台所（夕）

料理の支度《したく》をしている了顕《りょうけん》、道宗《どうしゅう》、男女数人。

そこへ、蓮如上人《れんにょしょうにん》が入ってこられる。

道宗「あ！　上人《しょうにん》さま！」

蓮如上人「みんな、ご苦労じゃのう」

一同「（背筋を伸《の》ばして）はい！」

蓮如上人「どれ、一口、味見をさせてもらおうかな」

了顕「はい！」

＊出羽　現在の山形県、秋田県。

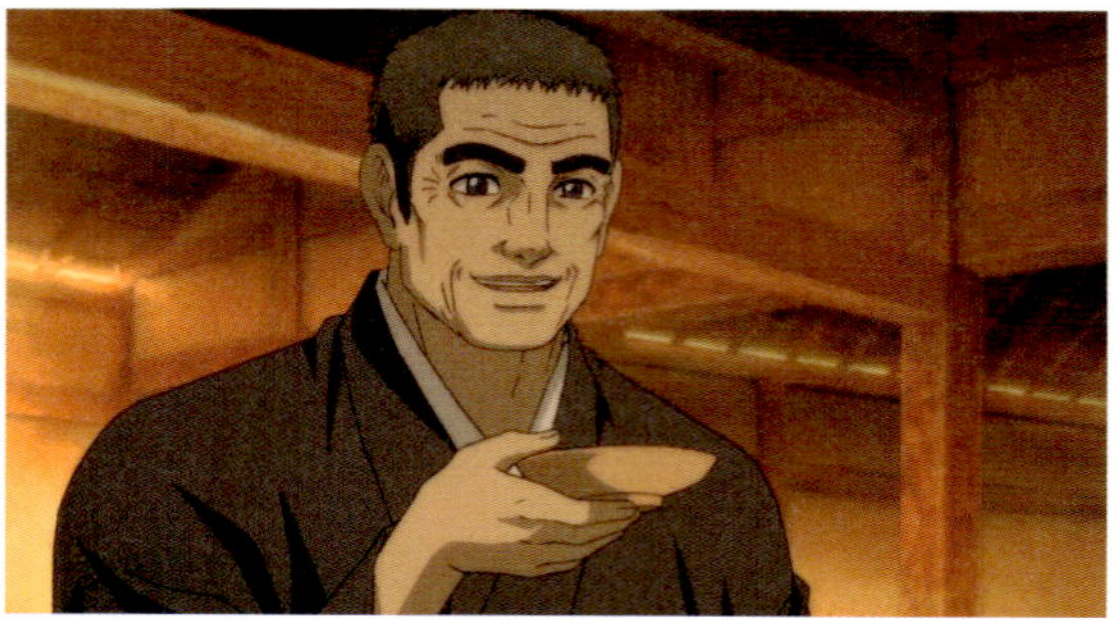

蓮如上人《れんにょしょうにん》が、料理の味見をされる。*

緊張《きんちょう》する一同。

**蓮如上人**「うむ、おいしい。遠方からの参詣者《さんけいしゃ》は、とてもお疲《つか》れだろうから、もう少し塩を足すほうがよいかもしれんな」

**了　顕**「はっ！」

**蓮如上人**「(微笑《びしょう》して）では、心して賄《まかな》い、頼《たの》むぞ」

**了　顕**「かしこまりました！」

了顕《りょうけん》、心からの尊敬の眼差《まなざ》しで、蓮如上人《れんにょしょうにん》を見つめる。

＊蓮如上人が、門徒に出す料理の味見までされたことは、『実悟記』などに記されている。
110ページの解説参照。

**語り**

## 58 吉崎御坊・建ち並ぶ多屋

「吉崎御坊《よしざきごぼう》には、全国からの参詣者《さんけいしゃ》のために多屋《たや》と呼ばれる宿泊施設《しゅくはくしせつ》が建てられていった。
その建物には、法敬房《ほうきょうぼう》、空善房《くうぜんぼう》、本光房《ほんこうぼう》など、蓮如上人《れんにょしょうにん》のお弟子の名前がつけられ、参詣者《さんけいしゃ》の宿泊《しゅくはく》の世話をしながら、互《たが》いに、仏法を語り合う所となった」

## 59 吉崎御坊・本光房の多屋（夜）

建物の表札には、「本光房《ほんこうぼう》」と書かれている。

**語り**「夜になると、本光房《ほんこうぼう》の宿舎には了顕《りょうけん》を中心に十数人の老若男女《ろうにゃくなんにょ》が集まり、その日、蓮如上人《れんにょしょうにん》からお聞きしたことを復習し、それぞれの理解を確かめ合っていた」

**女性同行A**「本光房《ほんこうぼう》さま。阿弥陀《あみだ》さまとお釈迦《しゃか》さま*は、同じ仏さまなんでしょう？」

**了顕**「いやいや、全く違《ちが》う仏さまなんですよ」

**男性同行A**「ありゃ、そうか？　わしゃ今まで、てっきり同じ仏さまとばかり思っておったが……」

**了顕**「蓮如上人《れんにょしょうにん》が今日《きょう》も、懇《ねんご》ろに教えてくださったじゃありませんか。大宇宙に

＊阿弥陀さまとお釈迦さま　93ページの解説参照。

は大日如来《だいにちにょらい》とか薬師如来《やくしにょらい》とか、たくさんの仏さまがおられるが、それらの本師本仏《ほんしほんぶつ》＊が阿弥陀如来《あみだにょらい》さまなんだと」

**女性同行B**　「ということは、本光房《ほんこうぼう》さま、お釈迦《しゃか》さまも阿弥陀《あみだ》さまのお弟子さんというわけですね」

**了　顕**　「そのとおりです」

**男性同行B**　「だがのう、俺《おれ》はどうしても目に見えない阿弥陀《あみだ》さまの御恩《ごおん》を感じることができんのじゃが……」

**了　顕**　「それはそうでしょう。だが、あの大悲《だいひ》の願船《がんせん》に乗せていただけば、誰《だれ》でもハッキリ知らされることですよ。
蓮如上人《れんにょしょうにん》のお話を真剣《しんけん》に聞けば、ちょうど、どんな親不孝な子供でも、やがて親の恩の深いことを知らされるように、阿弥陀仏《あみだぶつ》の広大な御恩《ごおん》が、恩《おん》徳讃《どくさん》のように知らされるのですよ」

**男性同行A**　「へえ。本光房《ほんこうぼう》さまも、親不孝なことがあったんですか？」

**了　顕**　「ありますとも、ありますとも……。私が親不孝の親玉です。こんな極悪人をそのまま、乗せてくださる大悲《だいひ》の願船《がんせん》でした」

ハラハラと落涙《らくるい》する了顕《りょうけん》。

**＊本師本仏**　大宇宙の無数にまします仏の師匠。

× × ×

（回想）

了顕　「その坊主《ぼうず》の話を聞いたら、おっかぁの病が治るとでもいうのか」

キヌ　「……」

了顕　「いっそ早くお迎《むか》えが来れば、おっかぁも楽だろうに」

× × ×

滂沱《ぼうだ》の涙《なみだ》を拭《ぬぐ》うこともせず、粛々《しゅくしゅく》と語る了顕《りょうけん》。

了顕　「了顕《りょうけん》、大悲《だいひ》の願船《がんせん》に乗せていただいて、初めて親の大恩を知らされたのです。だが、遅《おそ》かった。おっかぁは、もう、この世にはいませんでした……」

一同　「（聞き入って）……」

了顕　「（しみじみと）私が今、大悲《だいひ》の願船《がんせん》に乗せていただいて、阿弥陀仏《あみだぶつ》の広大なご恩を知らされたのも、おっかぁが、この世に生んで育ててくれたおかげです」

了顕《りょうけん》の懺悔《さんげ》と感謝の姿を見て、それぞれの親へ、思いをはせる同行《どうぎょう》たち。

多屋《たや》にしばしの間、静寂《せいじゃく》が流れる。虫の鳴き声だけが聞こえている。

**男性同行B**　「阿弥陀《あみだ》さまに救われたら、そんなにハッキリするもんかのぉ」

**男性同行A**　「あ、わしも、そこが知りたかったんじゃ」

**了　顕**　「（力強くうなずいて）ああ、それは大事なことですよ。親鸞聖人《しんらんしょうにん》が、阿弥陀《あみだ》仏《ぶつ》に救われて、絶対の幸福になられた時、こうおっしゃっていますよ。ああ、阿弥陀仏《あみだぶつ》の本願《ほんがん》、まことだった、本当だった……と」

**語　り**　「誠《まこと》なるかなや、阿弥陀仏《あみだぶつ》の本願《ほんがん》。誠《まこと》なるかなや、阿弥陀仏《あみだぶつ》のお約束」

**了　顕**　「親鸞聖人《しんらんしょうにん》が、『誠《まこと》なるかなや、阿弥陀仏《あみだぶつ》の本願《ほんがん》』とおっしゃっているのはね。『果てしのない過去から、暗い海に沈《しず》んでいる私たちを、一念《いちねん》*の瞬間《しゅんかん》に大船《たいせん》に乗せて、必ず浄土《じょうど》へ渡《わた》す』とお約束されています。だが私たちは、この阿弥陀仏《あみだぶつ》の本願《ほんがん》を疑って大悲《だいひ》の願船《がんせん》に乗らず、苦しんでいるのです。その本願《ほんがん》を疑っている心の晴れた一念《いちねん》の喜びが、『誠《まこと》なるかなや、阿弥陀《あみだ》仏《ぶつ》の本願《ほんがん》』なのですよ。まことだった、本当だったと、弥陀《みだ》の本願《ほんがん》まことを聖人《しょうにん》は、声を大にして誉《ほ》め称《たた》えずにおれなかったのでしょう。そしてその、阿弥陀仏《あみだぶつ》の大恩を詠《よ》まれたのが恩徳讃《おんどくさん》の歌なのです。

**＊一念**　何兆分の１秒よりも短い時間。

みなさん。大悲《だいひ》の願船《がんせん》に乗せていただくまで、蓮如上人《れんにょしょうにん》のご法話を、真剣《しんけん》に、よくよく聴聞《ちょうもん》させていただきましょう」

一同、静かに合掌《がっしょう》し、念仏を称《とな》える。

### 60 吉崎御坊・遠景

**語り** 「かくして吉崎御坊《よしざきごぼう》には、北陸、近畿《きんき》、東海はもちろん、遠く関東、東北からも蓮如上人《れんにょしょうにん》を慕《した》う親鸞学徒《しんらんがくと》が続々と参詣《さんけい》し、門前市をなす大繁盛《だいはんじょう》。虎《とら》や狼《おおかみ》がすむといわれた、さびれた北陸の一漁村が、あっという間に一大仏法都市に変貌《へんぼう》を遂《と》げたのである。まさに仏法力不思議《ぶっぽうりきふしぎ》としかいいようがなかった」

### 61 対岸の寺

**語り** 「だが、その繁栄《はんえい》は、またしても他宗の者たちの、妬《ねた》み、そねみのもとになっていく」

地元の三人の僧侶《そうりょ》、吉崎御坊《よしざきごぼう》をにらみながら立ち話をしている。

**地元僧侶A** 「蓮如《れんにょ》が吉崎《よしざき》に来てから、檀家《だんか》は減る一方だ。みな取られてしまった」

**地元僧侶B** 「そのためか、最近、お布施《ふせ》や祈祷料《きとうりょう》は、さっぱりだ」

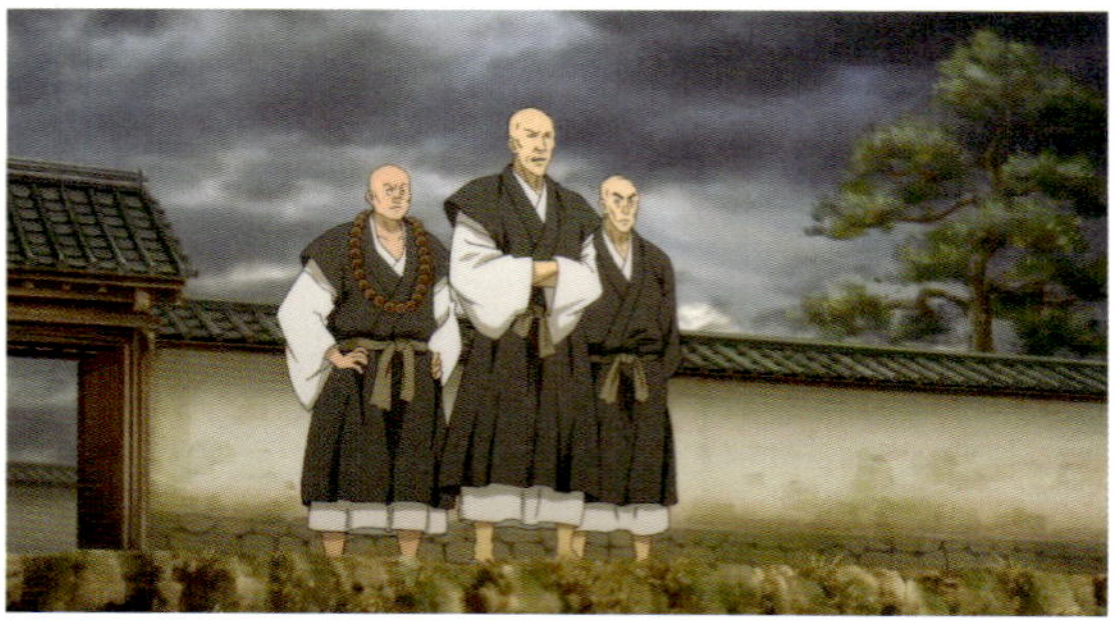

地元僧侶C「京都で、僧兵《そうへい》どもに痛い目に遭《あ》わされたのに、懲《こ》りないやつらだ」

地元僧侶A「このまま、見過ごしていいのか！」

地元僧侶B「いいわけないだろう。何とかしなければ」

地元僧侶C「だが吉崎《よしざき》は、湖に囲まれた天然の要塞《ようさい》だぞ」

地元僧侶A「いや、打つ手はある」

地元僧侶B「なんだ、それは」

地元僧侶A「ちょっと、耳を貸せ……」

顔を寄せ合って、密談する三人の僧侶《そうりょ》。

ガランとした境内《けいだい》に集まったカラスが、一斉《いっせい》に飛び立つ。

空には不穏《ふおん》な黒雲が、広がっていた。

**62 吉崎御坊・境内**

語　り「文明六年。* 三月二十八日。吉崎《よしざき》には、春の訪《おとず》れを思わせる、強い風が吹《ふ》いていた。蓮如上人《れんにょしょうにん》六十歳の時である」

**63 吉崎御坊・南大門付近**

多屋《たや》の物陰《ものかげ》から、走り去る黒い人影《ひとかげ》。

---

**＊文明６年**　1474年。

ほどなくして、パチパチと火が燃える音が聞こえ、煙《けむり》が上がり始める。

### 語り

**64 吉崎御坊・外観**

「夕刻、南大門の付近から不審《ふしん》な火の手があがった。折からの季節風にあおられて、火はたちまち九つの宿舎をなめつくし、大本堂に襲《おそ》いかかる猛火《もうか》となった。蓮如上人《れんにょしょうにん》は居室で、親鸞聖人《しんらんしょうにん》直筆の『教行信証《きょうぎょうしんしょう》＊・証《しょう》の巻《まき》』を拝読されている時だった」

**＊教行信証**　親鸞聖人の主著。『教巻』『行巻』『信巻』『証巻』『真仏土巻』『化身土巻』の全６巻からなる。

**65 吉崎御坊・境内**

**弟子E**「た……大変だ！」

本堂に向かって走る弟子。

**弟子E**「火事じゃ！　火事じゃ！　火の手は本堂に近づいているぞ！」

**弟子F**「御本尊《ごほんぞん》さまを！　御本尊《ごほんぞん》さまを、ご避難《ひなん》申せえ!!」

**66 吉崎御坊・蓮如上人の居室へ続く廊下**

走る法敬房《ほうきょうぼう》、了顕《りょうけん》、道宗《どうしゅう》。

**法敬房**「上人《しょうにん》さま！　上人《しょうにん》さま！　大変でございます。火事でございます、大火事でございます！
早く！　早く！　ご避難《ひなん》くださいませ！　ご避難《ひなん》くださいませ！」

**67 吉崎御坊・蓮如上人の居室**

**蓮如上人**「何？　火事だと……？」

息切らせてたどり着いた法敬房《ほうきょうぼう》たちが、ひざまずき蓮如上人《れんにょしょうにん》に急告する。

**法敬房**「はい、上人《しょうにん》さま！　先ほど南大門のあたりから火の手があがりまして、火はすでに本堂に迫《せま》っております！」

蓮如上人「それはいかん、法敬房《ほうきょうぼう》。御本尊《ごほんぞん》さまと『教行信証《きょうぎょうしんしょう》』を早く安全な所へ！
頼《たの》むぞ！」

法敬房「承知いたしました！　お前たち……」

道　宗「はっ！」

法敬房「上人《しょうにん》さま、この強風では、ここもあぶのうございます。早く、こちらへ！」

蓮如上人「うむ……」

机の上には、『教行信証《きょうぎょうしんしょう》・証《しょう》の巻《まき》』が、そのまま残されていた。

平生業成

## 68　吉崎御坊・本堂

火の回りは早く、本堂は、たちまち紅蓮《ぐれん》の炎《ほのお》に包まれ、蓮如上人《れんにょしょうにん》への居室にも、刻一刻と猛火《もうか》が迫《せま》っていく。

老若男女《ろうにゃくなんにょ》が、消火活動に走り回っている。

## 69　吉崎御坊・境内

法敬房《ほうきょうぼう》に案内されて蓮如上人《れんにょしょうにん》がお越《こ》しになる。

蓮如上人《れんにょしょうにん》の姿を見て、集まってくる弟子や同行《どうぎょう》たち。

**弟子G**　「あっ、上人《しょうにん》さま」

**弟子H**　「蓮如《れんにょ》さま」

**弟子I**　「上人《しょうにん》さま」

**弟子J**　「ご無事で」

**弟子K**　「よかった、よかった」

蓮如上人《れんにょしょうにん》が振《ふ》り返《かえ》られると、そこには火柱となって燃え上がる本堂が揺《ゆ》らいでいた。

了顕《りょうけん》と道宗《どうしゅう》、やってくる。

**道宗**　「上人《しょうにん》さま、御本尊《ごほんぞん》さまと『教行信証《きょうぎょうしんしょう》』、確かにお護《まも》りいたしました」

**蓮如上人**「おお。ご苦労じゃった。しかし、なんということか……」

**了顕・道宗**「？」

**蓮如上人**「あまた門徒衆の吉崎建立《よしざきこんりゅう》のご苦労を、灰にしてしまうとは……申し訳ない」

**法敬房**「何を申されますか、上人《しょうにん》さま。我らは何を失いましょうとも、上人《しょうにん》さまさえご無事なら……」

**道　宗**「そうですとも……」

**蓮如上人**「はっ！　しまった!!」

突然《とつぜん》、蓮如上人《れんにょしょうにん》が絶叫《ぜっきょう》し、燃えさかる炎《ほのお》に向かって走り出そうとされる。
慌《あわ》てて蓮如上人《れんにょしょうにん》の袖《そで》をつかみ、必死に引きとめる法敬房《ほうきょうぼう》。

**法敬房**「上人《しょうにん》さま！　どうされました!?」

**道　宗**「上人《しょうにん》さま！」

**蓮如上人**「おう！　法敬《ほうきょう》、放せ。蓮如《れんにょ》、一生の不覚じゃ」

**法敬房**「なりませぬ、上人《しょうにん》さま。お気をお静めくださいませ」

**蓮如上人**「法敬《ほうきょう》、机の上に『教行信証《きょうぎょうしんしょう》・証《しょう》の巻《まき》』置き忘れたのじゃ!!」

**法敬房**「しょ、上人《しょうにん》さま。この猛火《もうか》では、とても、とても、かないませぬ」

**蓮如上人**「放せ！　放してくれ！　親鸞《しんらん》さまに申し訳が立たぬ！　放せ！　放せ！」

臓腑《ぞうふ》をえぐる上人《しょうにん》の悲痛な叫《さけ》びに、一同はどうすることもできず立ちすくむ。

またしても轟音《ごうおん》もろとも巨大《きょだい》な火柱が闇《やみ》を破り天を衝《つ》く。

その時、了顕《りょうけん》、サッと蓮如上人《れんにょしょうにん》の前に飛び出し、ひざまずく。

**了　顕**「お許しください、上人《しょうにん》さま。この了顕《りょうけん》、一命にかえても『教行信証《きょうぎょうしんしょう》・証《しょう》の巻《まき》』、必ずお護《まも》りいたします！」

**蓮如上人**「了顕《りょうけん》……」

無言で見つめ合う、蓮如上人《れんにょしょうにん》と了顕《りょうけん》。激しい炎《ほのお》の音の中、二人の間に一瞬《いっしゅん》、静かで透明《とうめい》な時間が流れる——。

了顕《りょうけん》、桶《おけ》の水を頭からかぶると、炎《ほのお》の中へ、脱兎《だっと》のように走り出す。

**法敬房**「本光房《ほんこうぼう》！」

**道　宗**「了顕《りょうけん》！」

蓮如上人《れんにょしょうにん》は、次第に小さくなる了顕《りょうけん》の後ろ姿を合掌《がっしょう》して見送られる。

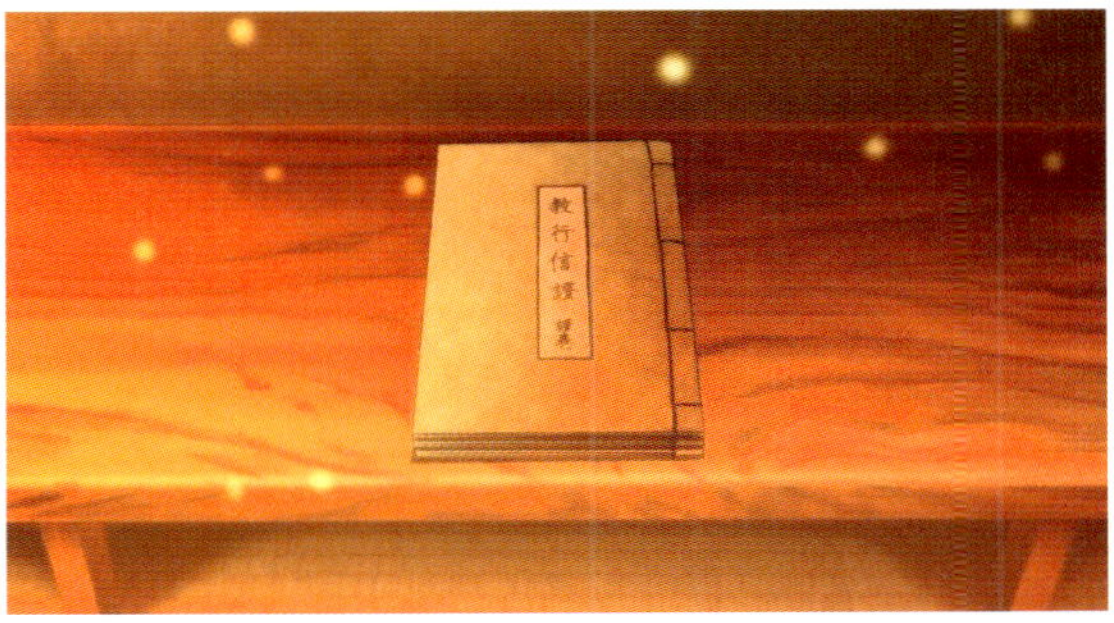

## 70 吉崎御坊・居室へ続く廊下

燃え盛る炎の中、身をかがめ必死に走る了顕。
黒煙《こくえん》に激しく咳《せ》き込《こ》みながら、猛火《もうか》の中をくぐり、やっとの思いで上人《しょうにん》の居室にたどりつく。

## 71 吉崎御坊・蓮如上人の居室

襖《ふすま》を開けて、了顕《りょうけん》が入っていく。
火は天井《てんじょう》まで燃え移っていたが、机の上の『教行信証《きょうぎょうしんしょう》・証《しょう》の巻《まき》』は、奇跡的《きせきてき》に無事だった。了顕《りょうけん》は、ひざまずいて、

**了顕**　「ああっ！　有《あ》り難《がた》や！　もったいなや！　これぞ阿弥陀仏《あみだぶつ》のご加護！」

躍《おど》る心を抑《おさ》えて了顕《りょうけん》は、両手で『教行信証《きょうぎょうしんしょう》』を押《お》し頂《いただ》き、脱出《だっしゅつ》しようと振《ふ》り返《かえ》ると、燃えさかる天井板《てんじょういた》が落ちてくる。さらに、火のついた襖《ふすま》が倒《たお》れて行く手をはばむ。あたりはすでに猛火《もうか》に包まれ、逃《のが》れる術《すべ》はない。
了顕《りょうけん》、『教行信証《きょうぎょうしんしょう》』をしっかりと抱《かか》えたまま、その場に立《た》ち尽《つ》くす。

**了顕**　「（心の中で）この『教行信証《きょうぎょうしんしょう》』だけはなんとしてもお護《まも》りしなければ、上人《しょうにん》さまとの誓《ちか》いが立たぬ。ああ！　一体どうすれば……」

炎《ほのお》の中で悩《なや》む了顕《りょうけん》。

**了顕**　「うぁーっ！」

天井《てんじょう》から柱が落ちてきて、了顕《りょうけん》の肩《かた》に食《く》い込《こ》む。

肩《かた》を押《お》さえた了顕《りょうけん》、手のひらについた鮮血《せんけつ》を見つめて、ハッとする。

**了顕**　「（心の中で）そうだ。血だ！　水がないなら、この血で、お護《まも》りするしかない！」

その場にどかっと座《すわ》り込《こ》んだ了顕《りょうけん》は、『教行信証《きょうぎょうしんしょう》』を置く。

衣《ころも》の前を広げ、キッと中空を見つめる。

**了顕**　「（心の中で）蓮如上人《れんにょしょうにん》さま。上人《しょうにん》さまに遇《あ》わせていただいた本光房了顕《ほんこうぼうりょうけん》、本当に幸せ者でございました。
一度は散りゆく命、仏法のためならば、こんな本望はございません。お先にお浄土《じょうど》へ。
南無阿弥陀仏《なむあみだぶつ》……南無阿弥陀仏《なむあみだぶつ》……」

おもむろに懐《ふところ》から短刀を取り出す了顕《りょうけん》。

×　×　×

（回想）

本願寺《ほんがんじ》で法話をされている蓮如上人《れんにょしょうにん》。

×　×　×

（回想）

**蓮如上人**「ここは、よい」

満足そうに、吉崎《よしざき》の丘《おか》に立たれる蓮如上人《れんにょしょうにん》。

× × ×

穏《おだ》やかな表情で微笑《びしょう》し、刃先《はさき》を自分に向ける了顕《りょうけん》。

煙《けむり》と炎《ほのお》に包まれて、了顕《りょうけん》の姿が見えなくなる。

ドサッ！

**法友の声**「本光房《ほんこうぼう》よーっ！」

**法友の声**「了顕《りょうけん》よーっ！」

## 72 吉崎御坊・境内（早朝）

**語り**「東の空が白む頃《ころ》、ようやく猛火《もうか》は終息した」

蓮如上人《れんにょしょうにん》、呆然《ぼうぜん》と焼け跡《あと》を眺《なが》められている。

**蓮如上人**「ああ、何たることか。親鸞聖人《しんらんしょうにん》直筆の『証《しょう》の巻《まき》』を失い、本光房《ほんこうぼう》までも……」

**法敬房**「上人《しょうにん》さま。本光房《ほんこうぼう》に万が一のことがありましょうとも、彼《かれ》が自ら選んだ道。決して悔《く》ゆるものではありますまい……」

**弟子たち**「本光房《ほんこうぼう》よ！」

**弟子たち**「了顕《りょうけん》よ！」

声を限りに叫《さけ》び続《つづ》けるが、余燼《よじん》のはじける音がするばかりで、何の答えも返ってはこない。きな臭《くさ》い余燼《よじん》のくすぶる焼《や》け跡《あと》で、遺体なりと見つけ出そうと捜《さが》し回《まわ》る弟子たち。

同行衆《どうぎょうしゅう》も鍬《くわ》や鋤《すき》を持ち、焼《や》け跡《あと》を掘《ほ》り起《お》こしている。

**同　行**「本光房《ほんこうぼう》さま！」

涙《なみだ》を流しながら焼《や》け跡《あと》を掘《ほ》る同行《どうぎょう》。

**弟子L**「そっちはどうだ」

**弟子M**「……（首を横にふり、うなだれる）」

一同があきらめかけていたその時、道宗《どうしゅう》がうわずった声で叫《さけ》ぶ。

**道　宗**「あぁ！　了顕《りょうけん》が！　了顕《りょうけん》がここに！」

道宗《どうしゅう》のもとへ集まってくる、弟子たちや同行衆《どうぎょうしゅう》。

蓮如上人《れんにょしょうにん》も駆《か》けつけられる。

そこには、うつぶせに倒《たお》れ、変わり果てた了顕《りょうけん》の姿。

**蓮如上人**「お、おお……了顕《りょうけん》！　我《わ》が過《あやま》ちで、こんなことに……！
本光房《ほんこうぼう》、すまぬ、許してくれ……！」

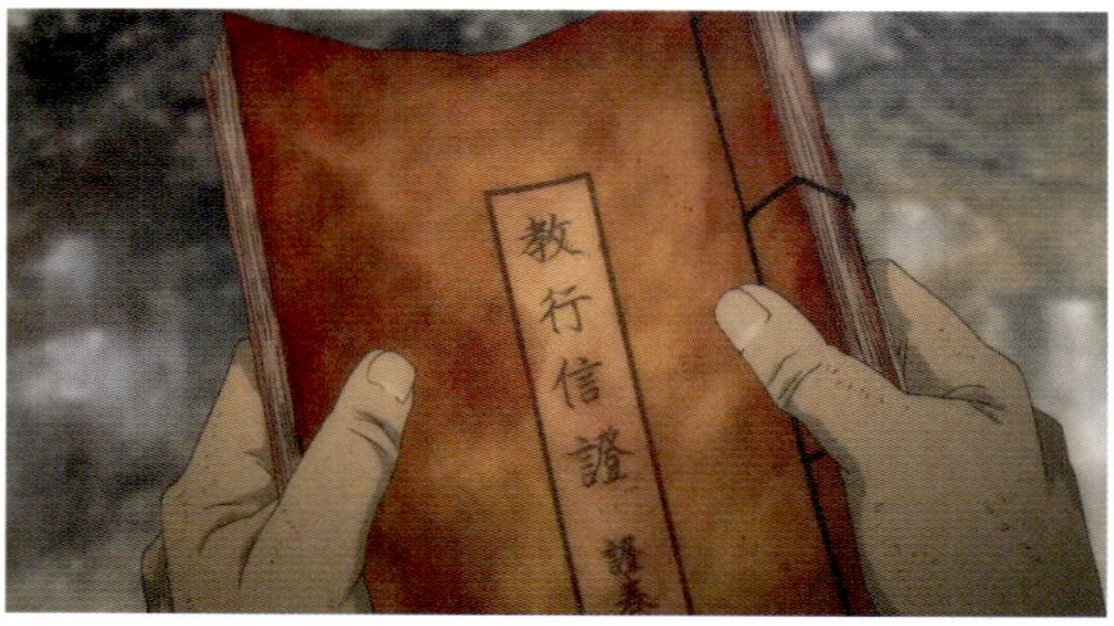

蓮如上人《れんにょしょうにん》は涙《なみだ》を流し、遺体に優しく手をかけていたわられる。
一斉《いっせい》に他の弟子たちも泣き出す。
しばらくして道宗《どうしゅう》、了顕《りょうけん》の手が何かをしっかりと握《にぎ》りしめているのに気づいて、うつぶせになっていた了顕《りょうけん》の体を起こす。

**道　宗**「上人《しょうにん》さま‼　本光房《ほんこうぼう》が……了顕《りょうけん》が……！」

**蓮如上人**「な、なんと！」

**道　宗**「しょ、上人《しょうにん》さま。腹に……腹の中に！」

道宗《どうしゅう》、了顕《りょうけん》の体の下から血に染まった『教行信証《きょうぎょうしんしょう》・証《しょう》の巻《まき》』を取り出す。

**蓮如上人**「おお、本光房《ほんこうぼう》、よくぞそこまで……。けなげであった。蓮如《れんにょ》の果たさねばならぬことを……」

蓮如上人《れんにょしょうにん》、血に染まった『教行信証《きょうぎょうしんしょう》・証《しょう》の巻《まき》』を道宗《どうしゅう》から受け取り、押《お》し頂《いただ》かれる。
本光房《ほんこうぼう》に目を移し、あたかも生ける人に語りかけるように……。

**蓮如上人**「本光房《ほんこうぼう》……そなたこそ、まことの仏法者。そなたの決死の報恩、親鸞学《しんらんがく》徒《と》＊の鑑《かがみ》じゃ。永久《とわ》に人類を照らす灯炬《とうこ》になるであろう！」

涙《なみだ》ながらに立ち上がって、集まったお弟子や同行衆《どうぎょうしゅう》に、『教行信証《きょうぎょうしんしょう》・証《しょう》の巻《まき》』を高々と捧《ささ》げられる蓮如上人《れんにょしょうにん》。一同、感極まって、念仏を称《とな》える。

**＊親鸞学徒**　親鸞聖人の教えを学び、信じ、伝える人。

## 73 エンディング

語り

―かくして、吉崎御坊《よしざきごぼう》は焼失したが、了顕《りょうけん》が腹の中に押《お》し入《い》れ護《まも》り抜《ぬ》いた『なぜ生きる』の答え、親鸞聖人《しんらんしょうにん》の『教行信証《きょうぎょうしんしょう》・証《しょう》の巻《まき》』は、『血染めの聖《しょう》教《ぎょう》』とも『腹ごもりの聖教《しょうぎょう》』とも呼ばれ、今に厳存している」

蓮如上人《れんにょしょうにん》が捧《ささ》げられた『教行信証《きょうぎょうしんしょう》』が黄金に輝《かがや》く。

語り

「蓮如上人《れんにょしょうにん》のもとには、本光房了顕《ほんこうぼうりょうけん》のような、真実の仏法を知り、永遠の幸福に生かされた、多くの若き親鸞学徒《しんらんがくと》が参集し、人類永遠の救済に立ち上がっていたのである」

（完）

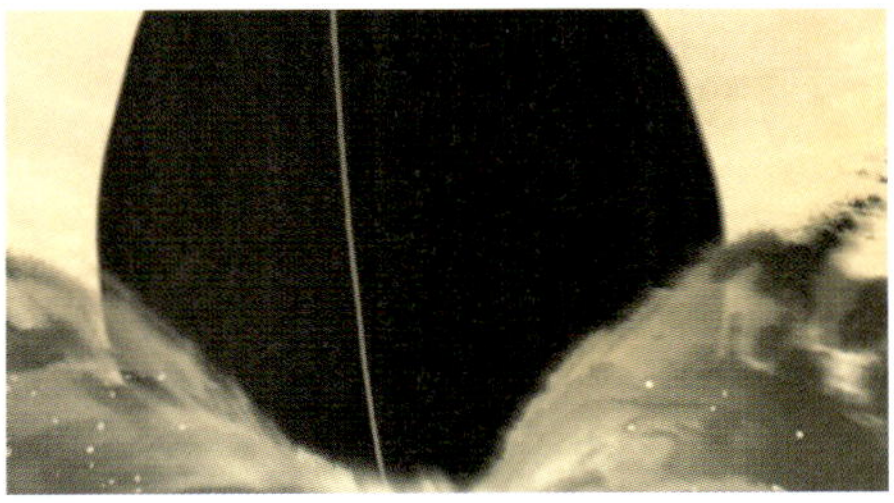

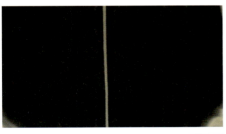

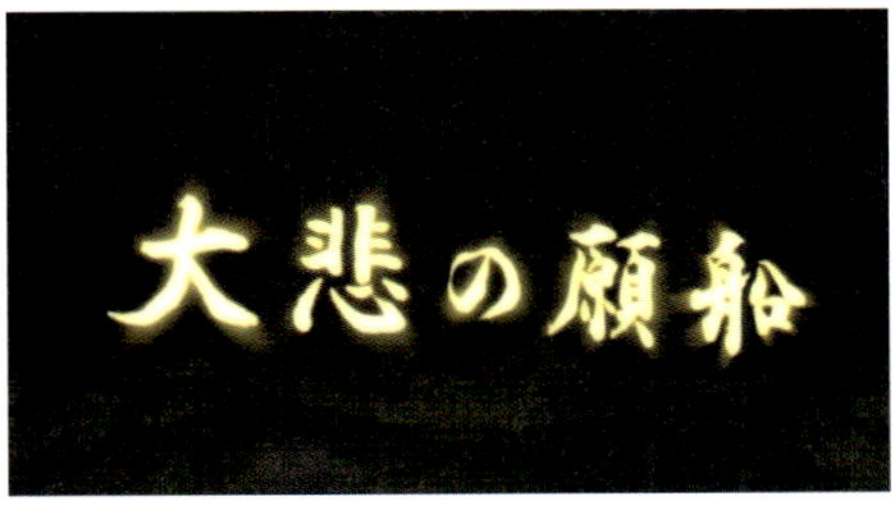

# なぜ生きる

——蓮如上人と吉崎炎上

# 解説

伊藤健太郎

【解説目次】

## 教えについて


1 「阿弥陀仏」と「釈迦」の関係は？ —— 93
2 「釈迦の教えは、これ一つ」と、親鸞聖人が、断言されたものは何か —— 94
3 「なぜ生きる」の答えを、親鸞聖人は、どう教えられたのか —— 96
4 「大悲の願船」に、いつ乗れるのか —— 99
5 「大悲の願船」に、どうすれば乗れるのか —— 100
6 蓮如上人は、なぜ、『歎異抄』を封印されたのか —— 102


## 歴史背景について


7 親鸞聖人から、蓮如上人までの流れ —— 103
8 蓮如上人の生きた激動の世。室町幕府の崩壊から戦国時代へ —— 104
9 浄土真宗が急速に発展した鍵は、蓮如上人の文章伝道にあった —— 105
10 「何事も、親鸞聖人のなされたとおりに実行する」これが蓮如上人の信条 —— 107
11 「御門徒は、命に代えても護らねばならぬ、最も大切な人々」。蓮如上人、常の仰せ —— 108
12 法話を、「どう聞いたか」「どう理解したか」お互いに語り合うことが大切 —— 111

# 1 「阿弥陀仏」と「釈迦」の関係は？

仏教では、さとりに五十二の段階があると説かれ、その中で最高の位である仏覚《ぶっかく》（仏のさとり）を開いた人だけを、「仏」という。まだ仏のさとりに向かって進んでいる途中《とちゅう》の人は、「菩薩《ぼさつ》」と呼ばれる。「釈迦牟尼仏《しゃかむにぶつ》」のことを、「釈迦牟尼如来《しゃかむににょらい》」ともいうように、「仏」と「如来《にょらい》」は同じである。「如来《にょらい》」とは、真如《しんにょ》（万人を幸福にする真理）を体得して、この世に来た人を意味する。

地球上に現れた仏は釈迦《しゃか》一人だが、大宇宙には地球のようなものは無数にある。だから十方世界《じっぽうせかい》（大宇宙）には、数え切れないほどの仏が現れていると、釈迦《しゃか》は説いている。よく知られているのは大日如来《だいにちにょらい》や薬《やく》師如来《しにょらい》、奈良の大仏は毘盧遮那如来《びるしゃなにょらい》といわれる仏だが、それらの仏を「十方《じっぽう》の諸仏《しょぶつ》」という。

なかでも「阿弥陀如来《あみだにょらい》」という仏は、十《じっ》方諸仏《ぽうしょぶつ》の本師本仏（師匠《ししょう》）であり、あらゆる仏の師だと説かれている。釈迦《しゃか》をはじめ大宇宙の仏は皆《みな》、阿弥陀仏《あみだぶつ》のお弟子である。弟子の伝えることは、師匠《ししょう》の正しい御心《みこころ》（本当に願っていること）以外にない。だから地球の釈迦《しゃか》はいうに及《およ》ばず、十方諸仏《じっぽうしょぶつ》の教えていることは、阿弥陀仏《あみだぶつ》の救《すく》いただ一つなのである。

阿弥陀如来《あみだにょらい》は、釈迦如来《しゃかにょらい》が私たちに紹介《しょうかい》してくださった、師の仏であり、弟子とは全く別格であることを、蓮如上人《れんにょしょうにん》は易しく、こう教えられている。

すべての人は大宇宙のあらゆる仏から、「助かる縁《えん》なき者」と捨てられた極悪人である。

私たちがそんな者だから、本師本仏《ほんしほんぶつ》の阿《あ》弥陀如来《みだにょらい》のみが奮い立たれ、「われ、ひとり助けてみせる」という、大宇宙に二つとない崇高《すうこう》な誓願《せいがん》（約束）を建てられたのである。

〔原文〕それ、十悪《じゅうあく》・五逆《ごぎゃく》の罪人《ざいにん》も、（中略）空《むな》しく皆十方《みなじっぽう》・三世《さんぜ》の諸仏《しょぶつ》の悲願《ひがん》に洩《も》れて、捨《す》て果《は》てられたる我等如《われらごと》きの凡夫《ぼんぶ》なり。

然《しか》れば、ここに弥陀如来《みだにょらい》と申《もう》すは、三世十《さんぜじっ》方《ぽう》の諸仏《しょぶつ》の本師本仏《ほんしほんぶつ》なれば、（中略）弥陀《みだ》にかぎりて、「われひとり助《たす》けん」という超世《ちょうせ》の大願《だいがん》を発《おこ》して

（『御文章《ごぶんしょう》』二帖目八通）

世界中の医師がさじを投げた難病人を、ただ一人、治せる名医がいたら、すべての医師から絶賛されるであろう。大宇宙の仏から見捨てられた私たちを、阿弥陀仏《あみだぶつ》だけ

が助ける力があるから、「さすがは我らの師」と十方諸仏《じっぽうしょぶつ》が称賛《しょうさん》するのである。

あらゆる仏が異口同音に弥陀《みだ》を褒《ほ》め称《たた》えていることを、釈迦《しゃか》は次のように説かれている。

阿弥陀仏《あみだぶつ》の不可思議のお力は、無限である。大宇宙の無数の仏方で、阿弥陀仏《あみだぶつ》を絶賛しない仏はない。

〔原文〕無量寿仏《むりょうじゅぶつ》の威神極《いじんきわ》まり無《な》し。十方《じっぽう》世界《せかい》の無量無辺不可思議《むりょうむへんふかしぎ》の諸仏如来《しょぶつにょらい》、彼《かれ》を称歎《しょうたん》せざるはなし（大無量寿経《だいむりょうじゅきょう》）

この釈迦《しゃか》の教えを、そのまま伝えられた方が親鸞聖人《しんらんしょうにん》（一一七三―一二六二）だから、聖人《しょうにん》の著述も、阿弥陀仏《あみだぶつ》の讃嘆《さんだん》で埋《う》め尽《つ》くされている。

## 2 「釈迦の教えは、これ一つ」と、親鸞聖人が、断言されたものは何か

あらゆる仏は、衆生救済《しゅじょうきゅうさい》の本願《ほんがん》（誓《ちか》い）を建てており、例えば薬師如来《やくしにょらい》の十二願や、釈迦如来《しゃかにょらい》の五百願などがある。だが「阿弥《あみ》陀仏《だぶつ》の本願《ほんがん》」は、他の仏とは桁違《けたちが》いに素晴らしいお約束なので、浄土真宗《じょうどしんしゅう》で「本願《ほんがん》」といえば、「阿弥陀仏《あみだぶつ》の本願《ほんがん》」に限る。

阿弥陀仏《あみだぶつ》は、「どんな人も必ず絶対の幸福に救う」と誓《ちか》われている。「絶対の幸福」とは、どんなことがあっても変わらぬ幸福である。

生きる目的は幸福だとパスカルも言う。自殺するのも楽を願ってのことであり、すべて人の営みは、幸せの他にはありえない。

だが、私たちの追い求める喜びは、有為《うい》転変《てんぺん》、やがては苦しみや悲しみに変質し、崩壊《ほうかい》、烏有《うゆう》に帰することさえある。

結婚《けっこん》の喜びや、マイホームの満足は、どれだけ続くだろう。配偶者《はいぐうしゃ》がいつ病や事故で倒《たお》れたり、惚《ほ》れた腫《は》れたは当座のうち、破鏡の憂《う》き目《め》にあうかもしれぬ。

夫を亡くして苦しむ妻、妻を失って悲しむ夫、子供に裏切られ激怒《げきど》する親、最愛の人との離別《りべつ》や死別。世に愁嘆《しゅうたん》の声は満ちている。

生涯《しょうがい》かけて築いた家も、一夜のうちに灰《かい》燼《じん》に帰し、昨日まで団欒《だんらん》の家庭も、交通事故や災害で、「まさか、こんなことになろうとは……」。天を仰《あお》いで茫然自失《ぼうぜんじしつ》。つらい涙《なみだ》であふれているのが現実だ。

瓢簞《ひょうたん》の川流れのように、今日あって明日なき幸福は、薄氷《はくひょう》を踏《ふ》む不安がつきまとう。たとえしばらく続いても、死刑《しけい》前夜の晩餐《ばんさん》会《かい》で、総くずれの終末は、悲しいけれども迫《せま》っている。

それを蓮如上人《れんにょしょうにん》は、こう警鐘《けいしょう》乱打されて

いる。

病にかかれば妻子が介抱《かいほう》してくれよう。財産さえあれば、衣食住の心配は要らぬだろうと、日頃《ひごろ》、あて力《ちから》にしていても、次の世に旅立つ時は、妻も子供も、連れになってはくれない。この世のもの何一つ、持ってはいけないのだ。死出《しで》の山路《やまじ》は、ただ一人。丸裸《まるはだか》で一体、どこへ行くのだろうか。

〔原文〕まことに死せんときは、予《かね》てたのみおきつる妻子も財宝も、わが身には一つも相添《あいそ》うことあるべからず。されば死出《しで》の山路《やまじ》のすえ、三塗《さんず》の大河《だいが》をば、唯一人《ただひとり》こそ行きなんずれ　（『御文章《ごぶんしょう》』一帖目十一通）

ふっと死の影《かげ》が頭をよぎる時、一切の喜びが空《むな》しさを深め、〝なぜ生きる〟と問わずにおれなくなる。老いと病と死によっても壊《こわ》れない、「絶対の幸福」こそが人生の目的である。

ひとたび阿弥陀仏《あみだぶつ》より「絶対の幸福」を賜《たま》れば、いつでもどこでも満足いっぱい、喜びいっぱい、人生本懐《ほんがい》の醍醐味《だいごみ》が賞味できる。

親鸞聖人《しんらんしょうにん》の、その歓喜《かんぎ》の証言を聞いてみよう。

まことだった、まことだった！　絶対の幸福、本当だった！　阿弥陀仏《あみだぶつ》の本願《ほんがん》ウソではなかった！

〔原文〕誠《まこと》なるかなや、摂取不捨《せっしゅふしゃ》の真言《しんごん》、超世希有《ちょうせけう》の正法《しょうぼう》　（『教行信証《きょうぎょうしんしょう》』総序《そうじょ》）

永久《とわ》の闇《やみ》より救われて苦悩渦巻《くのううずま》く人生が、そのまま絶対の幸福に転じた聖人《しょうにん》の、驚《おどろ》きと慶喜《きょうき》の絶叫《ぜっきょう》である。

この「阿弥陀仏《あみだぶつ》の本願《ほんがん》」を説くことこそ、釈迦《しゃか》の任務であった。

釈迦《しゃか》の生涯《しょうがい》、説かれたことは、「一切経《いっさいきょう》」と呼ばれる七千余巻の経典に書き残されている。それだけ膨大《ぼうだい》な経典があっても、釈迦《しゃか》の本心が説かれた真実の経は、『大無量寿経《だいむりょうじゅきょう》』ただ一つだと、親鸞聖人《しんらんしょうにん》は断言されている。

最初から深遠な真実を説いても、誰《だれ》も理解できないから、そこまで導くのに必要な準備（方便《ほうべん》）として説かれたのが、他の経典なのである。

『大無量寿経《だいむりょうじゅきょう》』上巻には、阿弥陀仏《あみだぶつ》が本願《ほんがん》を建てられ、救う準備を完了《かんりょう》された経緯《けいい》が、下巻には、どうすれば救われるかが説かれている。

親鸞聖人《しんらんしょうにん》が主著『教行信証《きょうぎょうしんしょう》』に、「それ真実の教《きょう》を顕《あらわ》さば、すなわち『大無量寿経《だいむりょうじゅきょう》』これなり」と道破された根拠《こんきょ》はいくつもあるが、まず釈迦《しゃか》が自ら『大無量寿経《だいむりょうじゅきょう》』を説く時に、

「私がこの世に生まれ出た目的は、一切の人々を絶対の幸福に導く、この経を説くためであったのだ」

と明言しているからである。

そして最後に釈迦《しゃか》は、

「この経は、一切の経典が滅《めつ》する時が来ても残り、全ての人が真実の幸福に救済されるであろう」

と予言されている。

弥陀《みだ》の本願《ほんがん》を説き終えた釈迦《しゃか》が、いかにも満足そうに、
「これで如来《にょらい》として、なすべきことは、皆《みな》なし終わった」
と慶喜《きょうき》されたことからも、『大無量寿経《だいむりょうじゅきょう》』こそ、釈迦《しゃか》が一切経《いっさいきょう》を説いた目的であることは明白だ。釈迦《しゃか》一代の教えは、阿弥陀仏《あみだぶつ》の本願《ほんがん》に収まるのである。

親鸞聖人《しんらんしょうにん》の教えといっても、その釈迦《しゃか》の教え以外になかったから、親鸞《しんらん》・蓮如両聖《れんにょりょうしょう》人《にん》の伝えられたこともまた、弥陀《みだ》の本願《ほんがん》ただ一つであった。

## 3 「なぜ生きる」の答えを、親鸞聖人は、どう教えられたのか

私たちは、なんのために生まれてきたのか、何のために生きているのか。苦しくても、なぜ生きねばならぬのか。誰《だれ》もが、知りたいことであろう。それに答えられたのが、親鸞聖人《しんらんしょうにん》である。

聖人《しょうにん》は主著『教行信証《きょうぎょうしんしょう》』冒頭《ぼうとう》に、こう言われている。

阿弥陀仏《あみだぶつ》の本願《ほんがん》は、苦しみの海に溺《おぼ》れる私たちを乗せて、必ず無量光明土《むりょうこうみょうど》（極楽《ごくらく》浄土《じょうど》）に渡《わた》す大船《たいせん》だ。

〔原文〕難思《なんし》の弘誓《ぐぜい》は、難度《なんど》の海《うみ》を度《ど》する大船《たいせん》
（『教行信証《きょうぎょうしんしょう》』総序《そうじょ》）

親鸞聖人《しんらんしょうにん》は、苦しみの絶えない人生を、荒波《あらなみ》の絶えない海に例えられて、「難度《なんど》の海《うみ》」（渡《わた》りにくい海）といわれている。すべての人は、生まれた時に、この大海原《おおうなばら》に、投げ出されるのである。

海に投《な》げ込《こ》まれたら、どこかに向かって泳ぐしかないように、全人類は生まれるが早いか、昨日から今日、今日から明日へと、泳ぎ続けなければならない。

だが、方角も分からず泳いでいたら、力《ちから》尽《つ》きて溺《おぼ》れ死《し》ぬだけである。そうと分かっていても、私たちは、何かに向かって泳ぐしかない。泳《およ》ぎ疲《つか》れて、近くの浮《う》いた板切れにすがっても、ホッと一息つく間もなく、思わぬ方から波をかぶり、せっかくの板切れに見放され、塩水のんで苦しむ。

「あぁ、あれは、板切れが小さかったからだ」と思い直し、もっと大きな丸太ん棒を求めて泳ぐ。やっと大きな丸太ん棒につかまって、いい気分に浮《う》かれていると、さらに大きな波に襲《おそ》われ、また塩水のんで苦しまなければならない。

死ぬまで、その繰《く》り返《かえ》しで、難度海《なんどかい》の苦しみには、果てしがないのである。

海に溺《おぼ》れる人が、何かにすがらずにおれないように、人間は何かをあて力《ちから》にし、生きがいにしなければ、生きてはいけない。

だが親鸞聖人《しんらんしょうにん》は、妻や子供や金や財産など

の生きがいは、みんな大海に浮《う》いている、板切れや丸太ん棒であり、必ず裏切っていくものだと断言されている。

火宅《かたく》のような不安な世界に住む、煩悩《ぼんのう》にまみれた人間のすべては、そらごと、たわごとばかりで、真実は一つもない。

〔原文〕煩悩具足《ぼんのうぐそく》の凡夫《ぼんぶ》・火宅無常《かたくむじょう》の世界《せかい》は、万《よろず》のこと皆《みな》もってそらごと・たわごと・真実《まこと》あることなきに　（『歎異抄《たんにしょう》』後序《こうじょ》）

生きがいにしていたものに裏切られると、たちまち苦悩《くのう》に襲《おそ》われる。健康に裏切られたのが病苦であり、恋人《こいびと》に裏切られたのが失恋《しつれん》の悲しみだろう。

夫や妻を亡くして虚脱《きょだつ》の人、子供に先立たれて悲嘆《ひたん》の人、財産や名誉《めいよ》が胡蝶《こちょう》の夢と化した人、みな生きがいの明かりが消えた、暗い涙《なみだ》の愁嘆場《しゅうたんば》である。

皮肉にも、信《しん》じ込《こ》みが深いほど、裏切られた苦悩《くのう》や怒《いか》りは、ますます広まり深さを増す。

では、この世に、私を捨てないものがあるだろうか。

地震《じしん》、台風、落雷《らくらい》、火災、殺人、傷害、窃盗《せっとう》、病気や事故、肉親との死別、事業の失敗、リストラなど……。いつ何が起きるか分からない泡沫《ほうまつ》の世に生きている。

盛者必衰《じょうしゃひっすい》、会者定離《えしゃじょうり》、物盛《さか》んなればすなわち衰《おとろ》う、今は得意の絶頂でも必ず崩落《ほうらく》がやってくる。出会いの喜びがあれば、別れの悲しみが待っている。

一つの悩《なや》みを乗《の》り越《こ》えても、裏切りの尽《つ》きぬ不安な世界だから、火のついた家に例えて親鸞聖人《しんらんしょうにん》は、「火宅無常《かたくむじょう》の世界《せかい》」と告発される。

そんな苦しみや不安の絶えない人生の海を、明るく楽しく渡《わた》す大きな船があると喝《かっ》破《ぱ》されたのが、先の「難思《なんし》の弘誓《ぐぜい》は、難度《なんど》の海《うみ》を度《ど》する大船《たいせん》」である。

「難思《なんし》の弘誓《ぐぜい》」とは、「阿弥陀仏《あみだぶつ》の本願《ほんがん》」のことである。

「難思《なんし》」とは、「想像できない」という意味で、やがて崩《くず》れる幸福しか知らない我々には、「絶対の幸福に救う」という約束は、とても想像できないから「難思《なんし》」といわれる。

「弘誓《ぐぜい》」とは、「広い誓《ちか》い」ということである。

阿弥陀仏《あみだぶつ》は、すべての人を相手に、「ど

んな人も必ず救う」と誓《ちか》われている。約束の対象が大変広い、想像もできない誓《ちか》いだから、弥陀《みだ》の本願《ほんがん》を「難思《なんし》の弘誓《ぐぜい》」といわれるのである。

弥陀《みだ》の本願《ほんがん》の大船《たいせん》に乗って、絶対の幸福になることこそ人生の目的。親鸞聖人《しんらんしょうにん》が九十年の生涯《しょうがい》、教えられたことは、これ以外なかった。

この大船《たいせん》は、難度《なんど》の海《うみ》に苦しむ私たちを乗せて、極楽浄土《ごくらくじょうど》まで渡《わた》すために、阿弥陀《あみだ》仏《ぶつ》の本願《ほんがん》によって造られた船だから、聖人《しょうにん》は「大悲《だいひ》の願船《がんせん》」（大慈悲《だいじひ》の願いによって造られた船）とも言われている。

ところが私たちには、この大悲《だいひ》の願船《がんせん》を見る眼《め》もなければ、必死に呼ばれる、船長の声を聞く耳も持ってはいない。

その実態を聖人《しょうにん》は、こう説かれている。

大悲《だいひ》の願船《がんせん》に乗せていただけば、すべて船頭（阿弥陀仏《あみだぶつ》）まかせで安楽に浄土《じょうど》へ往《ゆ》けるから、これほど往《ゆ》き易《やす》いところはないと、釈迦《しゃか》は説かれている。

ところが私たちには、真実（阿弥陀仏《あみだぶつ》の本願《ほんがん》）を信じる心は微塵《みじん》もないから、本当に大船《たいせん》があるのだろうか、私のような者が浄土《じょうど》に往《ゆ》けるのだろうかと、疑っている。

そんな者を経典《きょうてん》には、無眼人《むげんにん》（真実を見る目のない人）、無耳人《むににん》（真実を聞く耳のない人）と説かれている。

〔原文〕
大聖易往《だいしょういおう》とときたまう
浄土《じょうど》をうたがう衆生《しゅじょう》をば
無眼人《むげんにん》とぞなづけたる
無耳人《むににん》とぞのべたまう（浄土和讃《じょうどわさん》）

＊大聖《だいしょう》　釈迦《しゃか》
＊易往《いおう》　浄土《じょうど》へは往《ゆ》きやすい、ということ。

「阿弥陀仏《あみだぶつ》の本願《ほんがん》」を信ずる心は全くない私たちと見抜《みぬ》かれた阿弥陀仏《あみだぶつ》が、そんな者を、そのまま乗せて、必ず弥陀《みだ》の浄土《じょうど》まで渡《わた》す大きな船を造ってくだされたのである。

阿弥陀仏《あみだぶつ》の大悲《だいひ》の願船《がんせん》に乗せられると同時に、私たちの苦しみの人生は、幸せな人生にガラリと変わる。

その光景を親鸞聖人《しんらんしょうにん》は、こう記されている。

大悲《だいひ》の願船《がんせん》（大船《たいせん》）に乗じて見る難度《なんど》の海《うみ》（人生）は、千波万波がきらめき、至福の風が静かにそよいでいる。禍《わざわい》の波も福と転ずる、不思議な劇場ではないか。

〔原文〕大悲《だいひ》の願船《がんせん》に乗《じょう》じて、光明《こうみょう》の広海《こうかい》に浮《う》かびぬれば、至徳《しとく》の風静《かぜしず》かに、衆禍《しゅうか》の波転《なみてん》ず（『教行信証《きょうぎょうしんしょう》』行巻《ぎょうかん》）

この大船《たいせん》に乗せていただくまでは、どんなに苦しくても、生《い》き抜《ぬ》かねばならない。

これが親鸞聖人《しんらんしょうにん》の「なぜ生きる」の答えであった。

ならば大悲《だいひ》の願船《がんせん》に乗った不思議な光景は、どんなものか。仏教の言葉でそれを『二種深信《にしゅじんしん》』といい、名文で有名な『歎異抄《たんにしょう》』は、その絶対の幸福を伝えんとしたものである。

## 4 「大悲の願船」に、いつ乗れるのか

大悲《だいひ》の願船《がんせん》に、いつ乗れるのか。それは平生、生きている今のことである。今この大船《たいせん》に乗せていただき、どんなことがあっても変わらぬ、絶対の幸福になることを、「平生業成《へいぜいごうじょう》」と親鸞聖人《しんらんしょうにん》は言われている。

親鸞聖人《しんらんしょうにん》の教えを漢字四字で表すと、「平生業成《へいぜいごうじょう》」になる。

平生業成《へいぜいごうじょう》の「平生《へいぜい》」とは、「死んだ後ではない、生きている現在」ということである。

「業《ごう》」とは、事業の業の字を書いて、仏教では「ごう」と読む。人生の大事業のことを、「業《ごう》」といわれている。

大事業といっても、企業《きぎょう》の創始や、徳川《とくがわ》家康《いえやす》の天下統一の事業などではない。人生の大事業であり、言《い》い換《か》えると「人生の目的」である。何のために生まれてきたのか、何のために生きているのか、苦しくともなぜ生きなければならないのか、ということである。全ての人にとって、これ以上、大切なことはない。

最後の「成《じょう》」とは、「完成する」「達成する」ということである。

人生には〝これ一つ果たさなければならない〟という大事な目的がある。それは現在、完成できる。だから早く完成しなさいよ、と教えられた方が親鸞聖人《しんらんしょうにん》だから、聖《しょう》人《にん》の教えを「平生業成《へいぜいごうじょう》」というのである。

「仏教」と聞くと、地獄《じごく》や極楽など死後物語ばかりとされている。「阿弥陀仏《あみだぶつ》の本願《ほんがん》」といっても、〝死んだら極楽《ごくらく》に生まれさせる〟というお約束ぐらいに考えている人が、ほとんどだ。

万人のその誤解を正し、弥陀《みだ》の救いは〝今〟であり、その救済はいかなるものかを明示し、「なぜ生きる」の答えを鮮明《せんめい》にされたのが親鸞聖人《しんらんしょうにん》である。

## 5

# 「大悲の願船」に、どうすれば乗れるのか

人生の目的は、大悲《だいひ》の願船《がんせん》に乗《じょう》じて、絶対の幸福になることである。では、どうすれば乗せていただけるのか。

釈迦《しゃか》も親鸞聖人《しんらんしょうにん》も、「阿弥陀仏《あみだぶつ》の本願《ほんがん》を聞く一つで、この大船《たいせん》に乗せていただける」と教えられている。阿弥陀仏《あみだぶつ》が、「聞く一つで、大船《たいせん》に乗せる」と、命を懸《か》けて誓《ちか》われているからである。最も大事なことは、真剣《しんけん》に「阿弥陀仏《あみだぶつ》の本願《ほんがん》」を聞くことだから、蓮如上人《れんにょしょうにん》は、

仏法は聞く一つで救われる。

〔原文〕仏法《ぶっぽう》は聴聞《ちょうもん》に極《きわ》まる　（御一代記聞書《ごいちだいききがき》）

と教えられている。

「聴聞《ちょうもん》」とは、「聴《ちょう》」もきく、「聞《もん》」もきくということだが、仏法では、聴《ちょう》というきき方と、聞《もん》というきき方を厳然と区別されている。

まず「聴《ちょう》」というきき方は、ただ耳で聞いて合点しているきき方をいう。二足す二は四、四足す四は八というように、きいて納得しているきき方である。

弥陀《みだ》の救いに値《あ》うには、まず仏法をきいて、よく納得することが大事だと教えられている。

納得できなかったら納得できるまで、重ねて聞かねばならない。仏法は「因果の道理」を根幹として説かれているから、どんな人でも、聞けば必ず納得できる。重ねて聞いて正しく理解し合点（納得）することが、第一に大切である。

これが聴聞《ちょうもん》の「聴《ちょう》」だが、どんなに合点しても、それだけでは知った覚えたのであって、大悲《だいひ》の願船《がんせん》に乗《じょう》じたとはいえない。

では聴聞《ちょうもん》の「聞《もん》」とは、どんなきき方か、親鸞聖人《しんらんしょうにん》は、次のように教えられている。

仏法を聞くとは、「阿弥陀仏《あみだぶつ》の本願《ほんがん》の生《しょう》起《き》・本末《ほんまつ》」を聞くことである。

「生起《しょうき》」とは、「どんな者のために、阿《あ》弥陀仏《みだぶつ》は本願《ほんがん》を建てられたのか」。

「本《ほん》」とは、「本願《ほんがん》（約束）を果たすために、どんなご苦労をされたのか」。

「末《まつ》」とは、「その結果、どんな大船《たいせん》を完成されたのか」ということである。

「聞《もん》」とは、これら阿弥陀仏《あみだぶつ》の本願《ほんがん》の生《しょう》起《き》・本末《ほんまつ》に、ツユチリほどの疑心もなくなったのを、聞《もん》というのである。

〔原文〕「聞《もん》」と言《い》うは、衆生《しゅじょう》、仏願《ぶつがん》の生《しょう》起《き》・本末《ほんまつ》を聞《き》きて疑心《ぎしん》有《あ》ること無《な》し。これを「聞《もん》」と曰《い》うなり　（『教行信証《きょうぎょうしんしょう》』信巻《しんかん》）

「阿弥陀仏《あみだぶつ》の本願《ほんがん》は、私ひとりのためでありました」と知らされ、仏願《ぶつがん》の生起《しょうき》・本《ほん》・末《まつ》に疑い晴れたことを「聞《もん》」という。親鸞《しんらん》聖人《しょうにん》の明言である。

しかも阿弥陀仏《あみだぶつ》は、臨終間際の人をも救うために、一念《いちねん》（何億分の一秒より、もっと短い時間）で大船に乗せると誓《ちか》われている。「阿弥陀仏《あみだぶつ》の本願《ほんがん》まことだった」と聞いた一念《いちねん》（瞬間《しゅんかん》）に、大船《たいせん》に乗せていただけるのである。

そう教えられても、

「本当に聞くだけで、大悲《だいひ》の願船《がんせん》に乗せてもらえるのか」

「こんな私でも、本当に乗せてもらえるのだろうか」

と思う人があるから、蓮如上人《れんにょしょうにん》は、こんな諺《ことわざ》まで駆使《くし》されている。

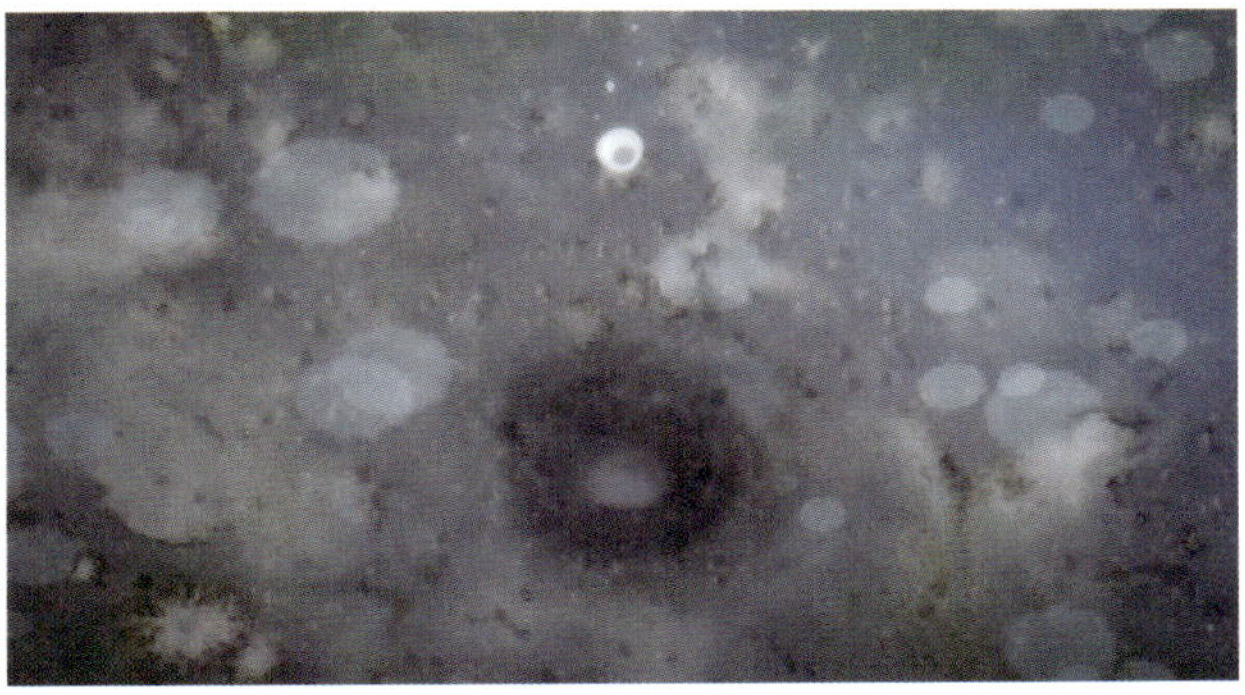

硬《かた》い石でも、あの軟《やわ》らかい水が、続いて同じ所に落ちると、穴が開くことがある。

古来「初志を貫徹《かんてつ》すれば、成就できぬことはない」と聞く。たゆまぬ聞法《もんぽう》こそが大切である。

どんなにしぶとく疑い深くとも、聴聞《ちょうもん》に身も心も打《う》ち込《こ》めば、広大な弥陀《みだ》のお慈《じ》悲《ひ》だから、必ず大悲《だいひ》の願船《がんせん》に乗せていただく（信《しん》を獲《う》る）ことができるのだ。

ただ仏法は聴聞《ちょうもん》に極まるのである。

〔原文〕至《いた》りて堅《かた》きは石《いし》なり、至《いた》りて軟《やわ》らかなるは水《みず》なり、水《みず》よく石《いし》を穿《うが》つ。「心源《しんげん》もし徹《てつ》しなば、菩提《ぼだい》の覚道《かくどう》、何事《なにごと》か成《じょう》ぜざらん」といえる古《ふる》き詞《ことば》あり。

いかに不信《ふしん》なりとも、聴聞《ちょうもん》を心《こころ》に入《い》れて申《もう》さば、御慈悲《おじひ》にて候間《そうろうあいだ》、信《しん》を獲《う》べきなり。

只仏法《ただぶっぽう》は聴聞《ちょうもん》に極《きわ》まることなり

（御一代記聞書《ごいちだいききがき》）

大悲《だいひ》の願船《がんせん》に乗《じょう》ずる唯一《ゆいいつ》の道は、「聴聞《ちょうもん》」である。

# 6 蓮如上人は、なぜ、『歎異抄』を封印されたのか

親鸞聖人《しんらんしょうにん》ご入滅《にゅうめつ》の後、二十年ほどして『歎異抄《たんにしょう》』という本が書かれた。今日《こんにち》、仏教の本で最も多く読まれているのは、この『歎異抄《たんにしょう》』だといわれている。

親鸞聖人《しんらんしょうにん》の教えと異なることを言いふらす者の出現を嘆《なげ》き、その誤りを正そうとしたもので、著者は不明だが、聖人《しょうにん》の高弟だった唯円《ゆいえん》という説が有力である。

著者直筆の原本は、見つかっていない。最も古い写本は、蓮如上人《れんにょしょうにん》の書写されたものである。

全十八章のうち十章までは、親鸞聖人《しんらんしょうにん》の言葉を記したものといわれる。十一章から十八章までは、十章までの聖人《しょうにん》の言葉を物差しとして、当時の異説を正したものである。

三章冒頭《ぼうとう》の一節、

善人《ぜんにん》なおもって往生《おうじょう》を遂《と》ぐ、いわんや悪人《あくにん》をや。

（善人でさえ、浄土《じょうど》へ生まれることができるのだから、ましてや悪人は、なおさら往《おう》生《じょう》できる）

は日本思想史上、最も有名な言葉だが、衝《しょう》撃的《げきてき》な内容だけに、大きな誤解も生んだ。

流れる美文の『歎異抄《たんにしょう》』は、宗教と文学が結晶《けっしょう》した、我が国最高峰《さいこうほう》の名文とされるが、他力信心《たりきしんじん》と親鸞聖人《しんらんしょうにん》の教えをよく理解した人が読まないと、とんでもない誤解をするところが多い。例えるなら大人には重宝なカミソリも、子供が持つと自他ともに傷つけるようなものだから「カミソリ聖《しょう》教《ぎょう》」と呼ばれる。

蓮如上人《れんにょしょうにん》が「誰《だれ》にでも見せてはならない」と奥書《おくがき》をつけ封印《ふういん》されたが、明治の末からある機縁《きえん》で急速に読み始められ、「親《しん》鸞聖人《らんしょうにん》といえば『歎異抄《たんにしょう》』といわれるほど有名になっている。

# 7

# 親鸞聖人から、蓮如上人までの流れ

親鸞聖人《しんらんしょうにん》の師である法然上人《ほうねんしょうにん》（一一三三—一二一二）は、明確な意志を持って「浄土宗《じょうどしゅう》」を開かれた。それは当時の日本には、自分の力で修行をしてさとりを開こうとする、「聖道仏教《しょうどうぶっきょう》」しかなかったからである。

しかし親鸞聖人《しんらんしょうにん》の時代には、もう浄土宗《じょうどしゅう》があるのだから、別の一派を興《おこ》す必要はない。だから親鸞聖人《しんらんしょうにん》には、新しい宗派を立てようとか、新たな教団を作ろうという気持ちは、少しもなかった。

親鸞聖人《しんらんしょうにん》は「本師源空《ほんしげんくう》（法然《ほうねん》）あらわれて　浄土真宗《じょうどしんしゅう》をひらきつつ　選択本願《せんじゃくほんがん》のべたまう」とおっしゃって、浄土真宗《じょうどしんしゅう》を開いたのは法然上人《ほうねんしょうにん》であり、浄土真宗《じょうどしんしゅう》とは選択本願《せんじゃくほんがん》（弥陀《みだ》の本願《ほんがん》）である、と明言されている。親鸞聖人《しんらんしょうにん》の言われる「浄土真宗《じょうどしんしゅう》」とは、「阿弥陀仏《あみだぶつ》の本願《ほんがん》」の別名だったのである。

親鸞聖人《しんらんしょうにん》がお亡くなりになったあと、親鸞聖人《しんらんしょうにん》こそ「最も弥陀《みだ》の本願《ほんがん》を鮮明《せんめい》にしてくださった方」と尊敬する人たちが教団を形成し、その教団名を「浄土真宗《じょうどしんしゅう》」と定めた。

その基礎《きそ》を築いたのが、親鸞聖人《しんらんしょうにん》の曽孫《そうそん》・覚如上人《かくにょしょうにん》（一二七〇—一三五一）だった。親鸞聖人《しんらんしょうにん》ご自身は「私には弟子など一人もいない」とおっしゃっていたが、親鸞聖人《しんらんしょうにん》を師と仰《あお》ぐ者は、地下水のように全国に浸透《しんとう》していた。正しい教えを末代まで伝えるには、それらの人が団結し、強固な組織を作ることが必要不可欠だった。

その必要性を痛感した覚如上人《かくにょしょうにん》は、青年期から教団結成の志を抱《いだ》かれる。まず永仁《えいにん》三年（一二九五）、二十六歳の時に、分かりやすく感動的な伝記、『親鸞聖人伝絵《しんらんしょうにんでんえ》』を制作された。これは『御絵伝《ごえでん》』と呼ばれる絵巻物と、『御伝鈔《ごでんしょう》』という文章で構成された、いうなれば紙芝居《かみしばい》で、親鸞聖人《しんらんしょうにん》の名前すら知らない人にも、親しみやすい導入となった。

そして『執持鈔《しゅうじしょう》』『口伝鈔《くでんしょう》』を著され、正統な教義を明快に説きひらくと同時に、親鸞聖人《しんらんしょうにん》の教えに反する異説を、ことごとく『改邪鈔《がいじゃしょう》』で破られるなど、八十二年の生涯《しょうがい》で多数の著作を残されている。覚如上人《かくにょしょうにん》が、教えの正確さ、純粋《じゅんすい》さを命としていたことは、長子・存覚《ぞんかく》を勘当《かんどう》された悲劇からも知られよう。

延慶《えんきょう》三年（一三一〇）、四十一歳で、大谷《おおたに》（京都東山《ひがしやま》）にある親鸞聖人《しんらんしょうにん》の御廟《ごびょう》（墓所）の留守職《るすしき》（管理人）になった覚如上人《かくにょしょうにん》は、そこを単なる墓所ではなく、真実の教えが説かれる道場《どうじょう》（寺院）に発展させるために、東奔西走《とうほんせいそう》される。ゼロから出発し、長子さえ義絶した覚如上人《かくにょしょうにん》には、多くの敵こそあれ、同志はなきに等しかった。

多岐《たき》にわたる覚如上人《かくにょしょうにん》の精力的な活動により、親鸞聖人《しんらんしょうにん》の教えを正しく聞いて、正確に伝える者の集まりが創設されたのである。こうして産声を上げた浄土真宗《じょうどしんしゅう》の教団は、規模からいえば種にすぎず、芽生えるまでには、さらなる時間が必要だった。それは室町時代に現れた蓮如上人《れんにょしょうにん》の、ずば抜《ぬ》けた布教によって一代で開花し、日本最大の宗派となったのである。

種を下ろした覚如上人《かくにょしょうにん》、生育させた蓮如《れんにょ》上人《しょうにん》の活躍《かつやく》がなければ、親鸞聖人《しんらんしょうにん》の教えが八百年の時を超《こ》えて、今日《こんにち》まで正確に受《う》け継《つ》がれることはなかったであろう。

## 8 蓮如上人の生きた激動の世。室町幕府の崩壊から戦国時代へ

蓮如上人《れんにょしょうにん》の生きた室町時代、次第に民衆は力をつけ、武士を圧倒《あっとう》するようになる。

権利に目覚めた農民は、自分たちで村の指導者《しどうしゃ》や掟《おきて》を決め、農作業の運営や、犯罪の取《と》り締《し》まりを行《おこな》った。そのような村を「惣村《そうそん》」といい、畿内《きない》（京都や奈良、大阪）を中心に増えていく。惣村《そうそん》の団結は固く、しばしば権力者の圧政に、武器を取って反《はん》抗《こう》した。そのような反乱は「一揆《いっき》」と呼ばれ、正長《しょうちょう》元年（一四二八）に農民たちが借金の帳消しを求めた「正長《しょうちょう》の土一揆《どいっき》」が、日本史上初の民衆の蜂起《ほうき》といわれる。蓮如《れんにょ》上人《しょうにん》、十四歳の時のことだった。特に上人《しょうにん》が四十を過ぎられてからは、ほぼ毎年、一《いっ》揆《き》が起きている。

一方、鎌倉幕府を開いた源頼朝《みなもとのよりとも》が、義《よし》経《つね》らを追跡《ついせき》する名目で全国に配備した「守《しゅ》護《ご》」は、当初は警察官のような役職だったが、室町時代になると権限が増大し、一国の支配者（今日《こんにち》でいう県知事）になっていた。そのような守護《しゅご》は、「守護大名《しゅごだいみょう》」と呼ばれる。一人で数カ国を管轄《かんかつ》する守護大名《しゅごだいみょう》もおり、室町幕府の将軍は、それら有力な守護大名《しゅごだいみょう》に、常に足元を脅《おびや》かされていた。

そんな中、宝徳《ほうとく》元年（一四四九）（蓮如上《れんにょしょう》人《にん》、三十五歳）、八代目将軍となったのは、政治の才がない足利義政《あしかがよしまさ》だった。義政《よしまさ》は年上好きで乳母《うば》に惚《ほ》れ込み、若い娘《むすめ》に関心を示さない。日野富子《ひのとみこ》と結婚《けっこん》はしたが、そんな状態だから子供は生まれなかった。そこで義政《よしまさ》は、出家していた弟の義尋《ぎじん》を、強く説得して武士に戻《もど》し養子に迎《むか》え、跡継《あとつ》ぎとした。ところが翌年、富子《とみこ》は男子・義尚《よしひさ》を生む。将軍を継《つ》ぐのは、弟か実の息子《むすこ》か。事態は緊迫《きんぱく》した。

一方、同じような相続人をめぐる争いが、

有力な守護大名《しゅごだいみょう》だった畠山《はたけやま》氏《し》の家でも、斯《し》波《ば》氏《し》の身内でも起きていた。対立する守護《しゅご》大名《だいみょう》は、争いを優位に進めるために、実力者を味方につけようとする。そこで幕府の強権を握《にぎ》っていた二人の武将、山名宗全《やまなそうぜん》と細川勝元《ほそかわかつもと》の、いずれかを頼《たよ》った。二つの派《は》閥《ばつ》が生まれ、戦争が始まるのは時間の問題だった。

この一触即発《いっしょくそくはつ》に火種を投じたのが、将軍家である。将軍になる予定の義尋《ぎじん》には、山《やま》名宗全《なそうぜん》が後《うし》ろ盾《だて》になっていた。足利義政《あしかがよしまさ》の妻・富子《とみこ》は、わが子を将軍に推すために、もう一方の実力者、細川勝元《ほそかわかつもと》に接近する。当の将軍義政《よしまさ》は、跡継《あとつ》ぎを指名《しめい》せずに家出、趣味《しゅみ》に逃避《とうひ》した（後に銀閣《ぎんかく》を建てる）。

もはや両陣営《りょうじんえい》の激突《げきとつ》は避《さ》けがたく、結局、全国の守護大名《しゅごだいみょう》が、それぞれの思惑《おもわく》で、細《ほそ》川方《かわがた》か山名方《やまながた》かに分裂《ぶんれつ》した。応仁《おうにん》元年（一四六七）、全国各地から細川方《ほそかわがた》の十六万、山《やま》名方《ながた》の十一万の兵が京都になだれ込《こ》む。「応仁《おうにん》の乱《らん》」の勃発《ぼっぱつ》である。蓮如上人《れんにょしょうにん》、五十三歳の時だった。

双方《そうほう》の兵力は拮抗《きっこう》し、十一年も続いた全面戦争で、京都は焦土《しょうど》と化す。平安時代から続いた貴重な建物も書物も、すべて灰になった。文明《ぶんめい》九年（一四七七）、争いは終結したが、もともと脆弱《ぜいじゃく》だった幕府の権威《けんい》は完全に失墜《しっつい》。もはや日本の統一は失われ、武将が領土を奪《うば》い合《あ》う乱世に突入《とつにゅう》する。

この応仁《おうにん》の乱《らん》から、織田信長《おだのぶなが》が室町幕府を滅《ほろ》ぼす天正《てんしょう》元年（一五七三）までの約百年を「戦国時代」という。この時代、一国の主となった大領主は「戦国大名」と呼ばれる。室町時代の「守護大名《しゅごだいみょう》」は、幕府（中央政府）から派遣《はけん》された、いわば上級公務員であったが、戦国大名は元・守護大《しゅごだい》名《みょう》とは限らず、実力で守護大名《しゅごだいみょう》を倒《たお》し、のし上がった者が多いのが特徴《とくちょう》である。

身分の低い者が、目上の者を倒《たお》して成り上がる「下克上《げこくじょう》」が常識となり、能力がすべてを決める時代になった。

戦国大名が血で血を洗う抗争《こうそう》を続ける中、蓮如上人《れんにょしょうにん》の布教により、浄土真宗《じょうどしんしゅう》の門徒は全国各地、数百万人に膨《ふく》れあがる。その組織力は、戦国大名の権力をしのぐほどであった。

この無政府時代に、飛躍的《ひやくてき》な発展を遂《と》げた浄土真宗《じょうどしんしゅう》は、一揆《いっき》や戦国大名との対立に、否《いや》が応《おう》でも巻《ま》き込《こ》まれていく。

## 9 浄土真宗が急速に発展した鍵は、蓮如上人の文章伝道にあった

覚如上人《かくにょしょうにん》が京都・大谷《おおたに》に建立《こんりゅう》した寺は、本堂が三間《さんけん》（約六メートル）四方の小さな寺であり、天台宗《てんだいしゅう》・青蓮院《しょうれんいん》に属する末寺《まつじ》（本山の支配下にある寺）だった。初めは「専修寺《せんじゅじ》」という名称《めいしょう》を掲《かか》げたが、「専修《せんじゅ》」は「阿弥陀仏《あみだぶつ》だけに向いて念仏《ねんぶつ》を称《とな》える」

という意味であるため、比叡山延暦寺《ひえいざんえんりゃくじ》（天《てん》台宗《だいしゅう》の本山）から反対される。そのため寺名は「本願寺《ほんがんじ》」に改められた。

その本願寺《ほんがんじ》に、応永《おうえい》二十二年（一四一五）二月、蓮如上人《れんにょしょうにん》は生を受ける。親鸞聖人《しんらんしょうにん》が亡くなって、百五十年後のことだった。幼《よう》名《みょう》は布袋丸《ほていまる》といわれる。

ところが布袋丸《ほていまる》が六歳の時、母君が突如《とつじょ》、行方《ゆくえ》を絶ち、生死すら不明になる。まぶたの母を蓮如上人《れんにょしょうにん》は終生、思慕《しぼ》されたが、再会はかなわなかった。

やがて父・存如《ぞんにょ》は、如円《にょえん》という女性を妻に迎《むか》える。かくて布袋丸《ほていまる》は、継母《ままはは》に冷遇《れいぐう》されながら、一男三女の異母兄弟とともに成長した。寺に参詣者《さんけいしゃ》はほとんどなく、大家族が生活するには、あまりにも厳しい経済《けいざい》状況《じょうきょう》だった。

この衰退《すいたい》した浄土真宗《じょうどしんしゅう》を、必ず再興してみせる。十五歳の布袋丸《ほていまる》は、固く誓《ちか》った。十七歳で得度《とくど》（僧侶《そうりょ》になる儀式《ぎしき》）をして「蓮如《れんにょ》」と名乗り、二十七歳で結婚《けっこん》。長男と三人で暮らしたが、食事が一度の日も珍《めずら》しくなく、全くない日さえあったという。一杯《いっぱい》の汁《しる》を水で薄《うす》めて三人分にするなど、粗末《そまつ》極まる食事であった。使用人を雇《やと》う余《よ》裕《ゆう》などないから、おしめも自分で洗われた。読書のための灯油も満足に買えず、薪《たきぎ》で代用したり、月夜にはそれすら節約したという。そんな極貧が、四十三歳で寺を継《つ》ぐまで続く。

蓮如上人《れんにょしょうにん》のような多方面で傑出《けっしゅつ》した逸《いつ》材《ざい》が、人生五十年といわれた時代に、四十三年間も日の目を見ず、寒々とした部屋《へや》で忍耐《にんたい》を重ねられていたのである。だが、伸《の》びるためには縮まねばならぬ。この長すぎる辛抱《しんぼう》が、後の大爆発《だいばくはつ》を生んだのであろう。

## 親鸞聖人の教えを正確に理解することが最も重要

青年期の蓮如上人《れんにょしょうにん》は、本願寺《ほんがんじ》が廃《すた》った原因は、教えが説かれていないからだと見抜《みぬ》かれた。浄土真宗《じょうどしんしゅう》の復興には、教えを徹底《てってい》するしかない。それには、まず自らが正確に親鸞聖人《しんらんしょうにん》の教説を理解しなければならなかった。

だが、それだけで全国に伝えられるだろうか。一人で布教できる範囲《はんい》は、限られている。だからといって、すべての僧侶《そうりょ》に、自分と同じ勉学を期待することもできない。ならば正しい教えを、平易な手紙で書き残そうと決意される。それが書き写されれば、百の蓮如《れんにょ》、千の蓮如《れんにょ》となって拡散する。僧侶《そうりょ》も門徒も、その手紙さえ持てば、蓮如《れんにょ》上人《しょうにん》が四十年で修得した学問を、即座《そくざ》に身につけることができるのだ。

聖教《しょうぎょう》（仏教の本）は、人生の目的が書かれているのだから、絶対に読《よ》み間違《まちが》えてはならないが、難しい専門用語が使われており、誤解したり、理解できない所もある。学問のない人が読んでも分かる文章でなければ、一般庶民《いっぱんしょみん》には伝えられないだろう。そんな手紙を書くには、自分がよほど深く教えを理解しなければならない。

再興のカギは文章伝道にあると確信した蓮如上人《れんにょしょうにん》は、燃える魂《たましい》を親鸞聖人《しんらんしょうにん》の主著『教行信証《きょうぎょうしんしょう》』六巻の研究につぎ込《こ》まれた。その手引きとしたのが、『六要抄《ろくようしょう》』（存覚《ぞんかく》が『教行信証《きょうぎょうしんしょう》』を順に註釈《ちゅうしゃく》したもの。十巻）

と、『安心決定鈔《あんじんけつじょうしょう》』（著者不明。二巻）である。

『教行信証《きょうぎょうしんしょう》』も『六要抄《ろくようしょう》』も、表紙が破れるまで精読し、『安心決定鈔《あんじんけつじょうしょう》』にいたっては七度も読み破られたという。蓮如上人《れんにょしょうにん》は千の教えを百にしぼり、それを十に選《え》り分《わ》け、ついには最重要の一つに厳選するという努力を二十年、三十年と積み重ねられた。

蓮如上人《れんにょしょうにん》は四十七歳を過ぎてから、浄土《じょうど》真宗《しんしゅう》の要《かなめ》だけを分かりやすく教える手紙を、何通も書かれた。今日《こんにち》『御文章《ごぶんしょう》』（または『御文《おふみ》』）と呼ばれ、二百数十通が残っている。

それは数十年にわたる、血のにじむ研鑽《けんさん》の結晶《けっしょう》だった。だが『御文章《ごぶんしょう》』は容易に理解できるので、もっと高度な教えがあると勘違《かんちが》いする者もいたのだろう。とんでもない誤りだと、正されている。

『御文章《ごぶんしょう》』は、私たちが浄土《じょうど》に往《ゆ》く道を映し出す鏡である。『御文章《ごぶんしょう》』以上の教えがあると思っている者がいるが、大きな誤りである。

〔原文〕『御文《おふみ》』はこれ凡夫往生《ぼんぶおうじょう》の鏡なり。『御文《おふみ》』の上《うえ》に法門《ほうもん》あるべきように思《おも》う人《ひと》あり、大《おお》いなる誤《あやま》りなり（御一代記聞書《ごいちだいききがき》）

## 10 「何事も、親鸞聖人のなされたとおりに実行する」。これが蓮如上人の信条

若き日の蓮如上人《れんにょしょうにん》は、困窮《こんきゅう》に耐《た》えながら勉学に打《う》ち込《こ》む傍《かたわ》ら、三十五歳の時、関東へ布教に赴《おもむ》かれた。だが蓮如上人《れんにょしょうにん》を迎《むか》える門徒は、ほとんどなく、道中に乗り物を用意する者もいない。ひたすら草鞋《わらじ》で歩く伝道の旅だった。この時、足に草鞋の緒《お》がくい込《こ》んだ跡《あと》は、生涯《しょうがい》、消えなかったという。浄土真宗《じょうどしんしゅう》は、親鸞聖人《しんらんしょうにん》が鮮明《せんめい》にされ、蓮如《れんにょ》上人《しょうにん》が足で広められた教えである。

その頃《ころ》、蓮如上人《れんにょしょうにん》の父・存如《ぞんにょ》は、本願寺《ほんがんじ》の七代目の法主《ほっす》（首長）になっていた。だが上人が四十三歳の時、六十二歳で世を去る。存如《ぞんにょ》の妻・如円《にょえん》は、実子・応玄《おうげん》を法主《ほっす》にしようと先手を打ち、葬儀《そうぎ》では応玄《おうげん》を法《ほっ》主《す》代理《だいり》として振《ふ》る舞《ま》わせた。そのため親類一同、応玄《おうげん》の継承《けいしょう》に反対する者はなかった。

だがここに、強力に反対意見を唱えたのが、存如《ぞんにょ》の弟・如乗《にょじょう》であった。蓮如上人《れんにょしょうにん》の卓越《たくえつ》した才能と人柄《ひとがら》、浄土真宗《じょうどしんしゅう》の復興にかける情熱を熟知していた如乗《にょじょう》は、孤軍奮闘《こぐんふんとう》で説得を続け、ついに応玄《おうげん》をしりぞけた。

こうして蓮如上人《れんにょしょうにん》は、八代目の法主《ほっす》を継《つ》がれる。苦節、四十三年に、終止符《しゅうしふ》が打たれた。まず蓮如上人《れんにょしょうにん》が着手したのは、本願《ほんがん》寺《じ》の本尊《ほんぞん》（礼拝の対象）を正すことだった。

本願寺《ほんがんじ》はもともと、天台宗《てんだいしゅう》・青蓮院《しょうれんいん》に所属する寺だったから、天台宗《てんだいしゅう》の本尊《ほんぞん》や経典《きょうてん》

が並んでいた。蓮如上人《れんにょしょうにん》は、それらを取《と》り払《はら》い、「南無阿弥陀仏《なむあみだぶつ》」の六字（六字の名号《みょうごう》という）を本尊《ほんぞん》とされる。親鸞聖人《しんらんしょうにん》が、正しい本尊《ほんぞん》は「名号《みょうごう》」だと教えられたからである。

他の宗派では、仏の姿を木で彫《ほ》った「木像《もくぞう》」や、絵に描《えが》いた「絵像《えぞう》」を本尊《ほんぞん》としている。だが蓮如上人《れんにょしょうにん》は、浄土真宗《じょうどしんしゅう》の正しい本尊《ほんぞん》は「名号《みょうごう》」であることを、誰《だれ》も誤解しようのない表現で明示されている。

真実の弥陀《みだ》の救いを知らない人たちは、名号《みょうごう》よりも絵像《えぞう》がよい、絵像《えぞう》よりも木像《もくぞう》が有り難く拝めるからよいと言っている。だが親鸞聖人《しんらんしょうにん》は、木像《もくぞう》より絵像《えぞう》、絵像《えぞう》よりも名号《みょうごう》が浄土真宗《じょうどしんしゅう》の正しい御本尊《ごほんぞん》であると教えられている。

〔原文〕他流《たりゅう》には「名号《みょうごう》よりは絵像《えぞう》、絵像《えぞう》よりは木像《もくぞう》」というなり。当流《とうりゅう》には「木像《もくぞう》よりは絵像《えぞう》、絵像《えぞう》よりは名号《みょうごう》」というなり

（御一代記聞書《ごいちだいききがき》）

「本尊《ほんぞん》」は、根本に尊ぶべき、最も大事なものである。本尊《ほんぞん》から親鸞聖人《しんらんしょうにん》に背いていては、すべてが曲がっていく。

「親鸞聖人《しんらんしょうにん》に還《かえ》れ。聖人《しょうにん》のなされたとおりにせよ」と生涯《しょうがい》、叫《さけ》び続《つづ》けられた方が、蓮如上人《れんにょしょうにん》であった。

ある人が蓮如上人《れんにょしょうにん》に、親鸞聖人《しんらんしょうにん》のなされたことについて、「これは、どうしてでしょうか」とお尋《たず》ねすると、「この蓮如《れんにょ》も分からぬ。何事も何事も、たとえ理由は分からなくても、蓮如《れんにょ》は、親鸞聖人《しんらんしょうにん》のなされたとおり実行するのだ」とおっしゃった。

〔原文〕蓮如上人《れんにょしょうにん》へある人申《ひともう》され候《そうろう》、開山《かいさん》の御時《おんとき》のこと申《もう》され候《そうろう》、「これはいかようの子細《しさい》にて候《そうろう》」と申《もう》されければ、仰《おお》せられ候《そうろう》、「我《われ》も知《し》らぬことなり、何事《なにごと》も何事《なにごと》も知《し》らぬことをも、開山《かいさん》（親鸞聖人《しんらんしょうにん》）のめされ候《そうろう》ように御沙汰候《ごさたそうろう》」と仰《おお》せられ候《そうろう》。

（御一代記聞書《ごいちだいききがき》）

六メートル四方に満たぬ本堂から出発した蓮如上人《れんにょしょうにん》が、親鸞聖人《しんらんしょうにん》のなされたとおり実行された結果、あらゆる不可能が、可能になっていく。

## 11 「御門徒は、命に代えても護らねばならぬ、最も大切な人々」。蓮如上人、常の仰せ

文明《ぶんめい》三年（一四七一）、五十七歳になられた蓮如上人《れんにょしょうにん》は、拠点《きょてん》を北陸に移し、越前《えちぜん》（福井県）の吉崎《よしざき》に赴《おもむ》かれる。

蓮如上人《れんにょしょうにん》の布教は一貫《いっかん》して、親鸞聖人《しんらんしょうにん》の精神そのものであった。

有名な『歎異抄《たんにしょう》』六章に親鸞聖人《しんらんしょうにん》は、

「親鸞《しんらん》は弟子《でし》一人《いちにん》ももたず候《そうろう》」（親鸞《しんらん》には、弟子など一人もいない）と宣言されている。自分の思想を聞かせ、自分の技能で指導している相手なら、「わが弟子」と呼べるだろう。だが、親鸞聖人《しんらんしょうにん》は阿弥陀仏《あみだぶつ》の教え（本願《ほんがん》）を説かれただけで、「わが教え」など皆無《かいむ》だった。多くの人が仏法を聞くようになったのも、すべて阿弥陀仏《あみだぶつ》に導かれてのことであり、そこに人間の力は寸分も入らないことを、誰《だれ》よりも知らされていた聖《しょう》人《にん》は、全人類は阿弥陀仏《あみだぶつ》に育てられているお弟子であり、兄弟なのだから、上下はないとおっしゃっている。だから親鸞聖人《しんらんしょうにん》は、自分を殺しに来た弁円《べんねん》にも、「御同朋《おんどうぼう》、御《おん》同行《どうぎょう》」（友よ、仲間よ）と呼びかけておられるのだ。

蓮如上人《れんにょしょうにん》も全く同じ人類愛で、すべての人は「御同朋《おんどうぼう》」（友達）だと見ておられる。だから蓮如上人《れんにょしょうにん》は門徒を、まるで自分の財産のように、「この蓮如《れんにょ》の門徒」と呼ぶようなことは、決してされなかった。

「開山《かいさん》（親鸞《しんらん》）聖人《しょうにん》の御門徒《ごもんと》」と仰《あお》ぎ、「阿弥陀如来《あみだにょらい》、親鸞聖人《しんらんしょうにん》から直《じか》にお預かりしている、命に代えても護《まも》らねばならぬ、最も大切な人々」だと、強く自覚されていた。

蓮如上人《れんにょしょうにん》は、「御門徒《ごもんと》を悪く言うことは、絶対あってはならない。親鸞聖人《しんらんしょうにん》は、御《ご》門徒《もんと》を『友達だ、仲間だ』とおっしゃって、真心をもって大切にされたのに、そんな方々を軽んずるなど、もってのほかである」とおっしゃいました。

〔原文〕前々住上人《ぜんぜんじゅうしょうにん》、仰《おお》せられ候《そうろ》う。「御《ご》門徒衆《もんとしゅう》を、あしく申《もう》す事《こと》、ゆめゆめ、あるまじきなり。開山《かいさん》は、御同行《おんどうぎょう》・御同朋《おんどうぼう》と、御《おん》かしずき候《そうろ》うに、聊爾《りょうじ》に存《ぞん》ずるは、くせごと」の由《よし》、仰《おお》せられ候《そうろ》う。

（御一代記聞書《ごいちだいききがき》）

蓮如上人《れんにょしょうにん》は常に、参詣者《さんけいしゃ》を最上の客人として、気配りを惜《お》しまれなかったことが伝えられている。

蓮如上人《れんにょしょうにん》は、「親鸞聖人《しんらんしょうにん》からお預かりした、最も大事なお客は、御門徒《ごもんと》である」と仰《おお》せになりました。

〔原文〕「開山聖人《かいさんしょうにん》の、一大事《いちだいじ》の御客人《ごきゃくじん》と申《もう》すは、御門徒衆《ごもんとしゅう》のことなり」と、仰《おお》せられしと云々《うんぬん》

（御一代記聞書《ごいちだいききがき》）

御門徒《ごもんと》が京都にやってくると、蓮如上人《れんにょしょうにん》は、寒い季節であれば、酒をよく温めさせてもてなし、「道中の寒さを忘れるようにしてあげなさい」とおっしゃいました。猛暑《もうしょ》であれば、「酒などを冷やしなさい」と仰《おお》せになりました。優しい言葉でおっしゃいます。

また、「御門徒《ごもんと》が京都に来られたのに、報告が遅《おそ》いのは、けしからぬ」と仰《おお》せになり、「御門徒《ごもんと》をいつまでも待たせ、会うのが遅《おく》れるようなことは、あってはならない」とおっしゃいました。

〔原文〕御門徒衆《ごもんとしゅう》、上洛候《じょうらくそうろ》えば、前々住上《ぜんぜんじゅうしょう》人《にん》、仰《おお》せられ候《そうろ》う。寒天《かんてん》には、御酒《ごしゅ》等のかんをよくさせられて、「路次《ろじ》の寒《さむ》さをも忘《わす》られ候《そうろ》う様《よう》に」と、仰《おお》せられ候《そうろ》う。また、炎天《えんてん》の時《とき》は、「酒《さけ》など冷《ひや》せ」と、仰《おお》せられ候《そうろ》う。御詞《おんことば》を和《やわ》らげられ候《そうろ》う。

また、「御門徒《ごもんと》の上洛候《じょうらくそうろ》うを、遅《おそ》く申《もう》し入《い》れ候《そうろ》う事《こと》、くせごと」と、仰《おお》せられ候《そうろ》う。「御門徒衆《ごもんとしゅう》をまたせ、おそく対面《たいめん》すること、くせごと」の由《よし》、仰《おお》せられ候《そうろ》うと云々《うんぬん》

（御一代記聞書《ごいちだいききがき》）

遠方から到着《とうちゃく》した人があれば、雑煮《ぞうに》など出してねぎらうことも、蓮如上人《れんにょしょうにん》が始められたことだった。味見までされて、不出来《ふでき》だった時には、作った者を問いただし、厳重に注意されたという。

蓮如上人《れんにょしょうにん》がある時、作らせた雑煮《ぞうに》を持ってこさせて味見をされたところ、ひどく塩辛《しおから》く、味が悪かったので、「誰《だれ》が作ったのか」と尋《たず》ねられ、台所の者たちを叱《しか》られました。

遠路はるばるやってきた、親鸞聖人《しんらんしょうにん》の御《ご》門徒《もんと》に、こんなひどい料理を作るとは何事かと、一喝《いっかつ》されたとのことです。

〔原文〕前住蓮如《ぜんじゅうれんにょ》の御時《おんとき》、雑煮《ぞうに》を仰《おおせ》せられつけたるを召《め》し寄《よ》せられ、先《ま》ずきこしめしたるに、さんざんに塩《しお》をからく味《あじ》わい悪《わる》くこ

しらえたるを、誰《だれ》がしたるとお尋《たず》ね候《そうろう》て、その中居衆《なかいしゅう》ご折檻候《せっかんそうら》いつる。遠国《えんごく》よりはるばると上《あ》がられ候聖人《そうろうしょうにん》の御《ご》門徒《もんと》の人《ひと》に、かように悪《わる》く肴《さかな》をこしらえたる、曲者《くせもの》のよし仰《おお》せられご折檻《せっかん》の由《よし》

（実悟記《じつごき》）

蓮如上人《れんにょしょうにん》は、ただ訪《たず》ねてくる人を待つ、消極的な布教をされていたのではない。関東から北陸、近畿《きんき》へと布教の旅に赴《おもむ》かれ、どんな貧しい家でも、自ら歩いて出向かれた。

## 12 法話を、「どう聞いたか」「どう理解したか」お互いに語り合うことが大切

蓮如上人《れんにょしょうにん》の吉崎御坊《よしざきごぼう》には、幾千万《いくせんまん》ともいわれる男女が、加賀（石川県）、能登《のと》（同）、越中《えっちゅう》（富山県）、信濃《しなの》（長野県）に加え、遠く東北からも参詣《さんけい》していた。山上には「多屋《たや》」と呼ばれる宿泊施設《しゅくはくしせつ》が、百を超《こ》えて作られたという。参詣者《さんけいしゃ》のために商店も並び、活気あふれる町が誕生した。聞法道場《もんぽうどうじょう》に群参する門徒に、蓮如上人《れんにょしょうにん》は仏法の語り合いを勧《すす》められている。

四、五人の者で集まって仏法の語り合いをしなさい。必ず、五人いたら五人とも、自分の都合のよいように聞いているものなのだ。自分はどう聞いたか、どう理解しているか、互《たが》いに重ねて重ねて、語り合いなさい。

〔原文〕四五人《しごにん》の衆《しゅう》、寄《よ》り合《あ》い談合《だんごう》せよ。必《かなら》ず、五人《ごにん》は五人《ごにん》ながら、意巧《いぎょう》にきくものなり。よくよく談合《だんごう》すべき

（御一代記聞書《ごいちだいききがき》）

仏法では、讃嘆《さんだん》（語り合い）が最も大切である。よくよく話し合って、理解を確認しなさい。

〔原文〕仏法《ぶっぽう》は、讃嘆《さんだん》・談合《だんごう》にきわまる。よくよく讃嘆《さんだん》すべき

（御一代記聞書《ごいちだいききがき》）

宿泊所《しゅくはくじょ》では夜ごと、仏法の熱い語り合いに、花が咲《さ》いていた。真剣《しんけん》に仏法を聞いて、親鸞聖人《しんらんしょうにん》の教えを正しく知ってもらいたい。蓮如上人《れんにょしょうにん》のただ一つ、願われたことだった。

## 『なぜ生きる』

監修　高森顕徹
著者　明橋大二（精神科医）
伊藤健太郎（哲学者）

人生の目的は、何か。
親鸞聖人の答えは、明快だ！

（主な内容）

●人生の目的は、「苦しみの波の絶えない人生の海を、明るくわたす大船に乗り、未来永遠の幸福に生きることである」
●人間は、苦しむために生まれてきたのではない
●この坂を越えたなら、幸せが待っているのか？
●診断――苦悩の根元は「無明の闇」
●無明の闇とは「死後どうなるか分からない心」
●百パーセント墜ちる飛行機に乗るものはいないが、私たちはそんな飛行機に乗っている
●なんと生きるとは、すばらしいことか！
「闇」に泣いた者だけに「光」に遇った笑いがあり、「沈んで」いた人にのみ「浮かんだ」歓喜がある
●〝すべての人を　見捨てられない幸福（摂取不捨の利益）にせずにはおかぬ〟弥陀の誓願

定価 本体1,500円+税
四六判 上製　372ページ
ISBN4-925253-01-8

## 『なぜ生きる2』

著者　高森顕徹

苦海の人生に大船あり
どうすれば、親鸞聖人のように、
「大悲の願船」に乗れるのか

（主な内容）

●苦海の人生に大船あり
難度海の人生が、明るい広海に転回する
●この世の幸せ限りなし
必ず、十種の幸せに生かされる
●親鸞聖人と三願転入
どうすれば大悲の願船に乗れるのか
●弥陀の使命を釈迦果たす
弥陀は十方衆生（すべての人）を、極悪人と見抜いて「無条件で救う」本願を建てられた
●大悲の願船に乗せる如来のドラマ
『観無量寿経』に説かれる、イダイケ夫人たちの王舎城の悲劇
●廃らねば乗れぬ大悲の願船
難度の海に漂いつづけ、大悲の願船に乗れない、唯一つの障害は「自力の心」　など

定価 本体1,500円+税
四六判 上製　352ページ
ISBN978-4-925253-75-8